TRANZLATY

La Langue est pour tout le Monde

言語はすべての人のためのもの

La Métamorphose

変身

Franz Kafka

フランツ・カフカ

Français

日本語

ISBN: 978-1-83566-908-2
Die Verwandlung
Franz Kafka, 1915

www.tranzlaty.com

Première partie
パート1

Gregor Samsa se réveilla un matin après des rêves agités.

グレゴール・ザムザはある朝、不安な夢から目覚めた。

Il se retrouva dans son lit, incapable de bouger.

彼はベッドにいたが、動くことができなかった。

Il avait été transformé en un monstre vermineux.

彼は怪物のような害虫に変身していた。

Il était allongé sur le dos, une carapace dure comme une armure.

彼は鎧のように硬い背中を下にして横たわっていた。

En relevant légèrement la tête, il pouvait voir son ventre.

頭を少し上げるとお腹が見えました。

Mais son ventre était bombé et divisé en segments.

しかし、彼の腹はドーム状になっており、いくつかの部分に分かれていました。

La couverture reposait sur son ventre arrondi.

毛布は彼の丸いお腹の上に置かれていました。

Mais la couverture était sur le point de glisser complètement.

しかし、毛布は完全に滑り落ちそうになっていました。

Ses jambes étaient pitoyables comparées à leur taille habituelle.

彼の足は、普段のサイズと比べると哀れなほどだった。

Et ses nombreuses pattes s'agitaient impuissantes devant ses yeux.

そして彼のたくさんの足が、彼の目の前で無力に揺らめいた

« Que m'est-il arrivé ? » se demanda-t-il.

「僕に何が起こったんだ？」と彼は心の中で思った。

Mais ce n'était pas un rêve dont il ne pouvait se réveiller.

しかし、それは彼が覚めることのできない夢ではなかった。

Il se trouvait bel et bien dans sa propre chambre.

彼がそこにいたのは本当に彼自身の部屋だった。

Une vraie chambre pour des humains, mais un peu trop petite.

人間が住める部屋ですが、ちょっと狭すぎます。

Il gisait tranquillement entre les quatre murs bien connus.

彼はよく知られている四方の壁の間に静かに横たわっていた

Sur la table se trouvait une collection d'échantillons de textiles.

テーブルの上には織物のサンプルが集められていました。

Samsa était un vendeur ambulant, d'où les échantillons.

サムサは巡回セールスマンだったので、サンプルを持っていました。

Au-dessus des échantillons de textile désassemblés se trouvait une image.

分解された繊維サンプルの上には写真がありました。

Il avait récemment découpé la photo dans un magazine.

彼は最近雑誌からその写真を切り取った。

Il avait placé le tableau dans un joli cadre doré.

彼はその絵をきれいな金色の額縁に入れて飾った。

Le tableau encadré représentait une dame assise bien droite.

額に入った絵にはまっすぐに座っている女性が描かれていた

Elle portait un chapeau de fourrure et un manchon de fourrure.

彼女は毛皮の帽子をかぶっていて、毛皮のマフをつけていました。

Elle levait la main en direction du spectateur.

彼女は写真を見る人のほうに手を挙げていた。

Son avant-bras entier disparaissait dans son épais manchon de fourrure.

彼女の前腕全体が重い毛皮のマフの中に隠れていました。

Gregor regarda par la fenêtre le temps maussade.

グレゴールは窓からどんよりとした天気を眺めた。

On pouvait entendre les grosses gouttes de pluie frapper la fenêtre.

激しい雨粒が窓に当たる音が聞こえた。

Le temps gris le rendait très mélancolique.

どんよりとした天気のせいで彼はとても憂鬱な気分になった

« Et si je dormais un peu plus longtemps ? » pensa-t-il.

「もう少し寝てみてはどうだろうか」と彼は思った。

« Dormir davantage m'aiderait peut-être à oublier ces bêtises. »

「もっと寝ればこのナンセンスを忘れられるかもしれない。
」

Mais dormir plus longtemps était totalement impossible.

しかし、これ以上寝続けることはまったく不可能でした。

Parce qu'il avait l'habitude de dormir sur le côté droit.

なぜなら彼は右側を下にして寝ることに慣れていたからです

Mais son état actuel l'empêchait d'effectuer ses mouvements habituels.

しかし、彼の現在の状態は、通常の動作を妨げていました。

Il n'avait aucun moyen de se retrouver dans cette situation.

彼にはこの立場に立つ方法がなかった。

Il fit de son mieux pour se jeter sur son côté droit.

彼は全力を尽くして自分の右側に倒れ込もうとした。

Il a probablement tenté ce mouvement une centaine de fois.

彼はおそらくこの動きを100回ほど試みただろう。

Mais il revenait toujours en position couchée sur le dos.

しかし、彼はいつも仰向けの姿勢に戻って揺すられていました。

Il ferma les yeux pour ne pas voir ses jambes qui s'agitaient.

彼は落ち着かない足を見ないように目を閉じた。

Finalement, la douleur l'a empêché de réessayer.

結局、痛みのせいで彼は再び挑戦することができなくなった

Une douleur sourde au flanc qu'il n'avait jamais ressentie auparavant.

これまで感じたことのない鈍い痛みが脇腹に走った。

« Oh mon Dieu », pensa désespérément Gregor Samsa.

「ああ、神様」とグレゴール・ザムザは心の中で必死に思った。

« Quel métier pénible j'ai choisi ! »

「私は何と大変な職業を選んだのだろう！」

« Je dois voyager tous les jours pour le travail. »

「仕事で毎日あちこち飛び回らなければなりません。」

« Le travail de bureau est beaucoup plus facile que le travail sur la route. »

「オフィスで働くことは外出先で働くよりもはるかに簡単です。」

« Et j'ai la malédiction de devoir voyager constamment. »

「そして、私はあちこち旅をしなくてはならないという呪いにかかっているんです。」

« Toutes ces inquiétudes liées au fait d'être à l'heure pour les trains. »

「電車に間に合うかどうかの心配ばかり。」

« Mes horaires de repas sont irréguliers et la nourriture est mauvaise. »

「食事の時間が不規則だし、食べ物もまずい。」

« Mes amis changent constamment de ville. »

「私の友達は町から町へといつも変わっています。」

« Mes interactions sont froides et professionnelles. »

「私とのやりとりは冷たくプロフェッショナルなものでした。」

«Que le diable s'amuse avec ce genre de travail !»

「悪魔はこのような仕事で楽しもう！」

Il ressentit une légère démangeaison en haut de l'estomac.

彼はお腹の上部に軽いかゆみを感じた。

Il s'appuya contre le montant du lit, le dos contre le sol.

彼は背中をベッドの柱に押し付けた。

Il voulait pouvoir mieux lever la tête.

彼は頭をもっとうまく上げられるようになりたいと考えていました。

Il a trouvé l'endroit qui le démangeait.

彼は自分を悩ませていたかゆい部分を見つけた。

Sa tête semblait recouverte de petits points blancs.

彼の頭は小さな白い点で覆われているようだった。

Il ne pouvait pas dire ce que représentaient ces petits points blancs.

これらの小さな白い点が何であるかは彼には分からなかった

Il avait prévu de toucher l'endroit avec une de ses jambes.

彼は片足でその場所に触れるつもりだった。

Mais lorsqu'il toucha l'endroit, il ressentit un étrange frisson.

しかし、その場所に触れると、奇妙な寒気を感じた。

Il a donc immédiatement retiré sa jambe.

そこで彼はすぐにその場所から足を引っ込めました。

Il n'avait d'autre choix que d'accepter cette sensation de démangeaison.

かゆみを感じるのを我慢するしかなかった。

Et il reprit sa position initiale dans le lit.

そして彼はベッドの元の位置に戻りました。

«Se réveiller si tôt rend vraiment stupide.»

「こんなに早く起きると本当にバカになるよ。」

« Un homme doit dormir suffisamment », pensa-t-il.

「人間は十分な睡眠を取らなくてはならない」と彼は心の中
で思った。

**« Les autres représentants de commerce mènent une vie de
luxe. »**

「他の旅行セールスマンは贅沢な暮らしを送っています。」

« Le matin, je transfère les ordres que j'ai reçus. »

「午前中に、受けた注文を転送します。」

**« Pendant ce temps, ces messieurs prennent encore leur
petit-déjeuner. »**

「その間、あの紳士たちはまだ朝食を食べています。」

« Imaginez un peu si j'essayais de faire ça avec mon patron. »

「もし私が上司に同じことをしたらどうなるか想像してみて
ください。」

**«Il me licenciait avant même que j'aie fini mon petit-
déjeuner.»**

「朝食を終える前に彼は私を解雇するだろう。」

« Mais ce ne serait peut-être pas le pire non plus. »

「でも、もしかしたらそれも最悪のことではないかもしれな
い。」

«Le problème, c'est que mes parents me freinent.»

「問題は両親が私を妨害していることです。」

« Sans eux, j'aurais déjà démissionné. »

「彼らがいなかったら私はすでに辞任していただろう」

« J'aurais tenu tête au patron et je lui aurais dit. »

「私は上司に立ち向かい、彼に言ったでしょう。」

**« Je dirais exactement ce que je pense de lui et de son travail.
»**

「私は彼と仕事について私がどう思っているかを正直に伝え
たい。」

« Il tomberait de son bureau si je lui racontais tout ! »

「すべてを話したら彼は机から落ちてしまうでしょう！」

« Sa façon de s'asseoir à son bureau est très étrange. »
「彼が机に座る様子はとても奇妙だ。」
« Sa façon de parler à ses subordonnés n'est pas correcte. »
「彼の部下に対する話し方は正しくありません。」
« Et le pire, c'est que son ouïe est très mauvaise. »
「そして最悪なのは、彼の聴力が非常に悪いということです。」
«Vous n'avez donc pas d'autre choix que de vous asseoir très près de lui.»
「だから、彼のすぐ近くに座るしかないんです。」
« Cela dit, l'espoir n'est pas encore totalement perdu. »
「しかし、そうは言っても、まだ希望は完全に失われたわけではない。」
« Je vais économiser cet argent pour rembourser les dettes de mes parents. »
「両親の借金を返済するためにお金を貯めます。」
« Je ne peux rien faire tant qu'ils lui doivent de l'argent. »
「彼らがまだ借金をしている間は何もできない。」
« Mais une fois la dette remboursée, je le ferai sans aucun doute. »
「でも借金が返済できたら必ずやります」
« Cela prendra probablement encore cinq à six ans. »
「おそらくあと5〜6年かかるでしょう。」
« Oui, alors la grande séparation aura certainement lieu. »
「はい、そうなれば必ず大きな別れが訪れるでしょう。」
« Pour le moment, je dois me lever. »
「しかし、当分の間はベッドから出なければなりません。」
« Parce que mon train part à cinq heures. »
「私の乗る電車は5時に出発するから。」
Gregor regarda le réveil qui tic-tac sur la table.

グレゴールはテーブルの上でカチカチと音を立てる目覚まし時計を見つめた。

« Père céleste ! » pensa-t-il en regardant l'heure.

「天のお父様！」彼は時間を見てそう思いました。

Six heures et demie étaient déjà passées sans qu'on s'en aperçoive.

六時半はすでに静かに過ぎ去っていた。

Et les aiguilles de l'horloge continuaient d'avancer d'elles-mêmes.

そして時計の針は進み続けました。

Et il était presque sept heures quarante-cinq.

そして時刻は7時15分に近づいていた。

« Peut-être que le réveil n'a pas sonné ? » pensa-t-il.

「もしかしたら目覚まし時計が鳴っていなかったのかも？」と彼は思った。

Depuis son lit, Gregor inspecta le réveil.

グレゴールはベッドから目覚まし時計を調べた。

Le réveil était correctement réglé sur quatre heures.

目覚まし時計は正確に4時に設定されていました。

Il ne pouvait pas l'expliquer, mais l'alarme avait dû sonner.

彼は説明できなかったが、警報が鳴ったに違いない。

« Comment ai-je pu dormir sans m'en rendre compte après avoir entendu le réveil ? »

「どうして気づかずにアラームを聞きながら寝てしまったんだろう？」

Quand elle sonne, l'alarme fait même trembler les meubles.

アラームが鳴ると家具も揺れます。

Il savait que son sommeil n'avait pas été du tout paisible.

彼は自分の眠りが決して安らかではなかったことを知っていた。

Mais c'est peut-être pour cela que son sommeil était beaucoup plus profond.

しかし、おそらくそれが彼の眠りがより深くなった理由でしょう。

Il devait réfléchir à ce qu'il devait faire maintenant.

彼は今何をすべきか考えなければならなかった。

Le train suivant ne partait qu'à sept heures.

次の電車は7時まで出発しませんでした。

Prendre ce train serait quasiment impossible.

その電車に乗るのはほぼ不可能だろう。

Et il n'avait pas encore emporté les textiles dont il avait besoin.

そして彼はまだ必要な織物を梱包していませんでした。

Il ne se sentait pas particulièrement frais et agile non plus.

彼は特に新鮮で機敏な感じもしなかった。

Il y avait peut-être une chance de monter dans le train.

もしかしたら電車に乗れるチャンスもあったかもしれない。

Mais une réprimande du patron était inévitable de toute façon.

しかし、どちらにしても上司からの叱責は避けられませんでした。

Le commis aurait pris le train de cinq heures.

店員は5時の電車に乗っていたでしょう。

Le commis de bureau était une créature sans envergure, à la solde du patron.

その事務員は上司の意気地なしの生き物だった。

L'absence de Gregor aurait donc déjà été signalée.

つまり、グレゴールの不在はすでに報告されていたはずだ。

« Et si je me faisais porter malade ? » se demandait Gregor.

「もし病気だと電話したらどうなるだろう？」グレゴールは考えていた。

Mais ce serait extrêmement embarrassant et suspect.

しかし、それは非常に恥ずかしく、疑わしいことでしょう。

Gregor n'avait jamais été malade pendant la période où il avait travaillé là-bas.

グレゴールはそこで働いていた間、一度も病気になったことがなかった。

Et il leur avait déjà consacré cinq années de service.

そして彼はすでに彼らに5年間の奉仕を与えていました。

Il y avait de fortes chances que le patron vienne prendre de ses nouvelles.

おそらく上司が彼をチェックしに来るだろう。

Il amènerait probablement le médecin de l'assurance maladie.

おそらく彼は健康保険の医師を連れてくるでしょう。

Et il blâmait les parents pour la paresse de leur fils.

そして彼は、怠惰な息子のせいで両親を責めるだろう。

Ils ne pourraient formuler aucune objection à son égard.

彼らは彼に対していかなる異議も唱えることができなかっただろう。

Car pour lui, il n'y avait que deux sortes de travailleurs.

なぜなら彼にとって労働者は二種類しかいなかったからです。

Soit les ouvriers étaient en parfaite santé, soit ils rechignaient à travailler.

労働者は完全に健康であるか、仕事嫌いであるかのどちらかであった。

Et aurait-il même tort dans cette analyse de base ?

そして、その基本的な分析において、彼は間違っているだろうか？

Assurément, dans ce cas précis, son argument était solide.

確かに、この件では、彼の主張は説得力がありました。

Malgré son apparence, Gregor se sentait en réalité plutôt bien.

グレゴールは、その外見とは裏腹に、実はかなり元気だった。

Ce long sommeil inutile l'avait rendu un peu somnolent.

不必要に長く眠ったせいで、彼は少し眠くなった。

Mais à part ça, il ne pouvait pas se plaindre de maladie.

しかし、それ以外に彼は病気について訴えることはできなかった。

Il ressentait même une faim particulièrement forte et saine.

彼は特に強く健康的な空腹感さえ感じました。

Tandis qu'il nourrissait ces pensées, l'horloge sonna de nouveau.

彼がこんなことを考えている間に、時計がまた鳴った。

Selon l'alarme, il était alors sept heures moins le quart.

警報によると、今は7時15分だった。

Et maintenant, on frappa doucement à la porte.

そして今度は、ドアを優しくノックする音が聞こえた。

« Gregor », l'appela quelqu'un – c'était sa mère.

「グレゴール」誰かが彼に呼びかけた。それは母親だった。

« Il est sept heures moins le quart », a-t-elle confirmé en entendant l'alarme.

「7時15分です」と彼女はアラームを確認した。

« Tu ne voulais pas partir ? » demanda la douce voix.

「帰りたくなかったの？」優しい声が尋ねた。

Gregor eut peur en entendant sa voix répondre.

グレゴールは彼の返事の声が聞こえて怖くなった。

Sa voix était toujours la même.

その声は、彼がいつも持っていた声のままだった。

Mais une nouvelle sonorité s'était désormais mêlée à sa voix.

しかし、今や彼の声には新たな音が混じっていた。

Un couinement douloureux s'échappa également du plus profond de lui.

彼の体の奥底からは、痛ましい悲鳴も聞こえてきた。

Au début, sa voix semblait former des mots avec clarté.

最初、彼の声は明瞭に言葉を表現しているように思えた。

Mais alors, Gregor entendit l'écho mental de sa voix.

しかしそのとき、グレゴールは自分の声が心の中で反響するのを聞いた。

L'enregistrement de sa voix s'est interrompu de façon étrange.

彼の声の録音は奇妙な形で途切れた。

Et il n'était pas sûr d'avoir bien entendu.

そして彼は自分が正しく聞いたのかどうか確信が持てなかった。

Gregor éprouvait un profond désir de donner une réponse détaillée.

グレゴールは詳細な答えを出したいという強い欲求を感じた。

Il voulait tout expliquer clairement à sa mère.

彼は母親にすべてをわかりやすく説明したかった。

Mais, compte tenu des circonstances, il devait se limiter.

しかし、状況を考えると、彼は自分自身を制限しなければなりませんでした。

Et sa réponse fut beaucoup plus brève qu'il ne l'aurait souhaité.

そして彼は、自分が望んでいたよりもずっと短い答えを返しました。

"Oui maman, ne t'inquiète pas, merci, je suis déjà levée."

「はい、お母さん、心配しないで、ありがとう、もう起きてるよ。」

La porte en bois a probablement contribué à étouffer sa voix.

おそらく木製のドアが彼の声をかき消すのに役立ったのだろう。

À l'extérieur, le changement dans la voix de Gregor est resté inaperçu.

外ではグレゴールの声の変化は気づかれなかった。

La mère semblait satisfaite de son explication.

母親は彼の説明に満足したようだった。

Et elle repartit aussi discrètement qu'elle était venue.

そして彼女は来た時と同じように静かにまた去っていった。

Mais cette petite conversation a eu un effet indésirable.

しかし、そのちょっとした会話は望ましくない影響を及ぼした。

Il a attiré l'attention des autres membres de la famille.

彼は他の家族の注目を集めた。

Gregor était toujours chez lui et n'était pas allé travailler.

グレゴールはまだ家にいて、仕事に行っていませんでした。

Et maintenant, le père frappa lui aussi à la porte de côté.

そして今度は父親も通用口をノックしました。

Il frappa faiblement, mais avec détermination, du poing.

彼は弱々しくも決意を込めて拳でノックした。

« Gregor, Gregor », appela-t-il, « quel est le problème ? »

「グレゴール、グレゴール」と彼は呼びかけた。「何が問題なんだ？」

Au bout d'un moment, il avertit de nouveau d'une voix plus grave.

しばらくして、彼はまた低い声で警告した。

Mais la sœur frappa alors à la porte de l'autre côté.

しかし今度は反対側のドアで姉がノックした。

« Gregor ? Tu ne te sens pas bien ? » demanda-t-elle doucement.

「グレゴール？具合が悪いの？」彼女は静かに尋ねた。

« Avez-vous besoin de quelque chose ? » demanda-t-elle, inquiète.

「何か必要なものはありますか？」と彼女は心配そうに尋ねた。

Gregor a répondu aux deux parties : « J'ai déjà terminé. »

グレゴールはどちらに対してもこう答えた。「もう終わりました。」

Il avait fait de son mieux pour prononcer tous les mots avec soin.

彼はすべての単語を注意深く発音するよう最善を尽くした。

Et il a gommé tout ce qui était ostentatoire dans sa voix.

そして彼は声から目立つものをすべて取り除いた。

Le père semblait également satisfait de la réponse.

父親もその答えに満足したようだった。

Et il retourna à son petit-déjeuner inachevé.

そして彼は、食べ残した朝食に戻りました。

Mais la sœur murmura : « Gregor, ouvre la bouche, je t'en supplie. »

しかし、姉は「グレゴール、お願いだから開けて」とささやきました。

Mais son inquiétude à son égard ne parvenait en rien à l'émouvoir.

しかし、彼女の彼に対する心配は、彼を少しも動かすことはできなかった。

Gregor n'avait aucune intention de lui ouvrir la porte.

グレゴールは彼女のためにドアを開けるつもりはなかった。

Ses voyages lui avaient permis d'acquérir certaines habitudes de prudence.

彼は旅行を通じて慎重な習慣を身につけた。

Et il se félicita d'avoir verrouillé les portes.

そして彼はドアに鍵をかけたことを自ら褒めた。

Il voulait d'abord se lever tranquillement, à son propre rythme.

まず彼は静かに自分の時間に起きたかった。

Et, sans être dérangé, il voulut s'habiller.

そして、邪魔されることなく、彼は服を着たかったのです。

Cela étant fait, il voulut ensuite prendre son petit-déjeuner.

それが達成されると、彼は朝食をとりたくなった。

Ce n'est qu'alors qu'il a souhaité examiner la situation plus en détail.

そのときになって初めて、彼は状況をさらに検討したいと思った。

Il savait qu'il était inutile de faire des projets au lit.

彼はベッドで計画を立てても無駄だと知っていた。

Il serait impossible de parvenir à une conclusion sensée.

賢明な結論に達することは不可能だろう。

Il lui était déjà arrivé de se réveiller avec de légères douleurs.

軽い痛みで目が覚めることも何度かあった。

Ces douleurs se sont toujours révélées être de pures inventions de l'imagination.

これらの苦痛は常に単なる想像であることが判明しました。

En me levant du lit, la douleur disparaissait invariablement.

ベッドから起き上がると痛みは必ず消えました。

Il était curieux de voir ce qu'il adviendrait de ces idées.

彼はこれらのアイデアがどうなるのか興味を持っていた。

Le changement de sa voix était probablement dû à un rhume.

彼の声の変化はおそらく単なる風邪のせいだろう。

Le rhume est un risque professionnel courant pour les voyageurs.

旅行者にとって、風邪は単なる職業病です。

Il ne doutait pas que c'était l'explication logique.

それが論理的な説明であることに彼は何の疑いも持たなかった。

Il s'est facilement dégagé de la couverture.
毛布を脱ぐのは簡単にできました。

Il lui suffisait d'inspirer et de se gonfler.
彼がしなければならなかったのは、息を吸って自分自身を膨らませることだけでした。

La couverture glissa de son corps et tomba sur le sol.
毛布が彼の体から滑り落ちて床に落ちた。

Son corps incroyablement large rendait d'autres choses difficiles.
彼の信じられないほど広い体は他のことを困難にしました。

Il aurait eu besoin de bras et de mains pour se tenir debout.
立ち上がるには腕と手が必要だったでしょう。

Mais il n'avait plus les membres qu'il avait autrefois.
しかし、彼は以前のような手足はもうありませんでした。

Au lieu de bras et de mains, il avait plein de petites jambes.
腕と手の代わりに、たくさんの小さな足がありました。

Et ses jambes bougeaient sans cesse, sans qu'il puisse les contrôler.
そして彼の足は、自分では制御できないまま、絶えず動いていた。

Il a essayé de plier une jambe, mais au lieu de cela, elle s'est étirée.
彼は片方の足を曲げようとしたが、代わりに足は伸びてしまった。

Il parvint finalement à contrôler une jambe.
彼はついに片足をコントロールすることができた。

Mais ensuite, le mouvement des autres pattes a été libéré.
しかしその後、他の足の動きが解放されました。

Et toutes ses jambes frémissaient d'excitation extrême.

そして、彼の足はすべて極度の興奮でピクピクと動きました
。

Il a d'abord voulu sortir le bas de son corps du lit.
まず彼は下半身をベッドから出そうとした。

Mais il n'avait pas encore vu le bas de son corps.
しかし、彼はまだ自分の下半身を実際に見ていなかった。

Et de toute façon, déplacer cette pièce s'est avéré trop difficile.
そして、この部分を移動するのはとにかく困難すぎることが判明しました。

Finalement, de toutes ses forces, il fit un geste audacieux.
ついに、彼は全力を尽くして大胆な行動に出ました。

Sans plus hésiter, il s'avança.
彼はそれ以上ためらうことなく前進した。

Mais il avait choisi la mauvaise direction.
しかし、彼は進むべき方向を間違えていた。

Il s'est violemment cogné le corps contre le montant inférieur du lit.
彼はベッドの下の柱に激しく体を打ち付けた。

La douleur brûlante qu'il ressentait lui a appris une précieuse leçon.
彼が感じた焼けるような痛みは彼に貴重な教訓を与えた。

La partie inférieure de son corps était peut-être plus sensible.
下半身の方が敏感だったのかもしれない。

Il a donc commencé par sortir le haut de son corps du lit.
そこで彼はまず上半身をベッドから出そうとしました。

Il tourna prudemment la tête dans la bonne direction.
彼は慎重に頭を正しい方向に向けた。

Et bientôt, sa tête se retrouva face au bord du lit.
そしてすぐに彼の頭はベッドの端を向いた。

Ce mouvement prudent lui était en réalité facile.

この慎重な動きは、実は彼にとっては簡単なことだった。

Et sa largeur et son poids ne l'empêchaient pas de se déplacer.

そして、彼の体幅と体重は彼の動きを止めることはなかった。

La masse de son corps suivit lentement le mouvement de sa tête.

彼の体の質量は頭の回転にゆっくりと追従した。

Mais ensuite, il a passé la tête au-dessus du bord du lit.

しかし、彼はベッドの端に頭を乗せました。

Et il dut faire face à une nouvelle peur à laquelle il n'avait pas encore pensé.

そして彼は、これまで考えたこともなかった新たな恐怖に直面した。

Poursuivre dans cette voie pourrait s'avérer dangereux.

この方法でこれ以上前進すると危険になる可能性があります。

Il pensait qu'il allait simplement se laisser tomber.

彼は、ただ落ちていくだけだと思っていた。

Mais ce serait un miracle s'il ne s'était pas blessé à la tête.

しかし、頭を負傷しなかったら奇跡だ。

Ce n'était pas le moment de risquer de perdre connaissance.

今は意識を失う危険を冒す場合ではなかった。

Finalement, il vaudrait peut-être mieux rester au lit.

結局ベッドにいたほうがいいのかもしれない。

Mais il devait ensuite faire le même effort pour revenir.

しかし、戻るにも同じ努力をしなければならなかった。

Après tous ces efforts, il était allongé là, exactement comme avant.

あれだけの努力をした後、彼は以前と同じようにそこに横た
わっていた。

Et maintenant, ses jambes semblaient encore plus en colère qu'elles ne l'avaient été.

そして今、彼の足は前よりもさらに痛んでいるように見えま
した。

Les mouvements de sa jambe étaient devenus encore plus incontrôlables.

彼の足の動きはさらに制御不能になった。

Il ne voyait aucun moyen de sortir de la situation dans laquelle il se trouvait.

彼は自分が置かれた状況から抜け出す方法が見つからないと
感じた。

Il était impossible de faire émerger la paix et l'ordre de ce chaos.

この混乱から平和と秩序はもたらされなかった。

Mais il savait que rester au lit n'était pas une option non plus.

しかし、彼はベッドに留まることも選択肢ではないことを知
っていた。

Tout sacrifier était l'option la plus sensée.

すべてを犠牲にすることが最も賢明な選択でした。

Il s'accrochait au moindre espoir de pouvoir se lever.

彼はベッドから起き上がれるというわずかな希望を持ち続け
た。

S'il y parvenait, tous les risques en auraient valu la peine.

もし彼がこれを成し遂げることができれば、すべてのリスク
は価値があっただろう。

Mais il se souvenait aussi d'autre chose en même temps.

しかし、同時に彼は別のことも思い出した。

« Mieux vaut réfléchir sereinement que de prendre des
décisions désespérées. »

「必死の決断よりも冷静な熟考のほうが良い。」

Il concentra tous ses efforts sur la fenêtre.

彼は全力を尽くして目を窓に集中させた。

Mais ce qu'il vit ne lui insuffla guère de confiance ni de joie.

しかし、彼が見たものは、ほとんど自信と元気を与えなかっ
た。

La brume matinale enveloppait toute la rue étroite.

朝霧が狭い通り全体を覆っていた。

Le réveil sonna à nouveau ; il était maintenant sept heures.

目覚まし時計が再び鳴り、今は7時だった。

« Il est déjà sept heures et il y a encore un épais brouillard. »

「もう7時なのに、まだ霧が濃いですね。」

Il resta un moment allongé, immobile, respirant faiblement.

しばらくの間、彼は弱々しく呼吸しながら静かに横たわって
いた。

Un peu de calme permettrait peut-être de retrouver une
certaine normalité.

おそらく、ある程度の静けさが、ある程度の正常性をもたら
すだろう。

Un silence complet pourrait engendrer les conditions réelles.

完全な沈黙が現実の状況をもたらす可能性がある。

Mais avant que l'horloge ne sonne à nouveau, il rompit le
silence.

しかし、時計が再び鳴る前に、彼は沈黙を破った。

«Avant que l'horloge ne sonne à nouveau, je dois être levé.»

「時計がまた鳴る前にベッドから出なくてはならない。」

« Je dois absolument être complètement levé à ce moment-là.
»

「その時までに私は絶対に完全にベッドから出なければなり
ません。」
« Après 19h15, le bureau enverra quelqu'un. »
「7時15分以降にオフィスから誰かが来ます。」
"Parce que le bureau ouvrait avant sept heures."
「オフィスが7時前に開いたからです。」
Et il commença alors à se balancer hors du lit.
そして彼は体を揺らしながらベッドから起き上がり始めまし
た。
Il avait cessé de se concentrer sur le haut ou le bas de son
corps.
彼は上半身にも下半身にも集中することを諦めていた。
Il fallut sortir tout son corps du lit.
彼の体全体がベッドから出なければなりませんでした。
Tomber de cette façon devrait protéger sa tête, pensa-t-il.
こうすれば頭は守られるはずだ、と彼は思った。
Il avait prévu de relever la tête lorsqu'il toucherait le sol.
彼は地面に落ちたときに頭を上げるつもりだった。
Son dos semblait suffisamment robuste pour encaisser le
choc.
彼の体の後ろ側は衝撃に耐えられるほど硬くなっているよう
だった。
Et le tapis était là pour amortir l'atterrissage.
そして、カーペットは着地を和らげるためにありました。
Ce qui le préoccupait le plus, cependant, c'était le bruit
assourdissant.
しかし、彼が最も心配していたのは大きな騒音だった。
Le bruit fracassant effrayerait tous les occupants de la
maison.
その衝突音は家にいる全員を怖がらせるだろう。
Peut-être que le bruit fort ne les terrifierait pas.

おそらく彼らは大きな音を怖がらないだろう。

Mais ils seraient certainement inquiets s'ils l'apprenaient.

しかし、もし彼らがそれを聞いたら、きっと心配するだろう
。

Mais il fallait prendre le risque d'attirer l'attention.

しかし、注目を集めるリスクを負わなければなりませんでし
た。

La nouvelle méthode s'apparentait davantage à un jeu qu'à un effort.

新しい方法は努力というよりもゲームのようなものだった。

Il devait balancer son corps par mouvements brusques et saccadés.

彼は突然、ぎくしゃくした動きで体を揺らさなければならな
かった。

Gregor était déjà à moitié sorti du lit.

グレゴールはすでにベッドから半分出ていた。

Une nouvelle idée venait de lui traverser l'esprit.

今、彼の頭に新たな考えが浮かんだ。

« Tout serait si facile si quelqu'un venait à mon secours. »

「誰かが助けに来てくれたら、すべてが簡単になるのに。」

« Deux personnes fortes suffiraient amplement. »

「二人の強い人がいれば十分でしょう。」

Son père et la servante seraient assez forts.

彼の父親とメイドは十分に強いだろう。

Il leur suffirait de glisser leurs bras sous son dos.

彼らはただ彼の背中の下に腕を滑り込ませるだけでよかった
のです。

Et ensuite, ils pourraient facilement le sortir du lit.

そして彼らは彼を簡単にベッドから引きずり出すことができ
た。

Peut-être auraient-ils dû réduire son poids progressivement.

おそらくゆっくりと体重を減らさなければならなかっただろう。

Alors, espérons-le, les jambes auraient trouvé leur utilité.

そうすれば、足は目的を見つけたことになるでしょう。

« Ne serait-il pas préférable, après tout, de demander de l'aide ? »

「結局、助けを求めたほうがいいんじゃないの？」

Le problème, bien sûr, c'est qu'il avait verrouillé les portes.

問題は、もちろん彼がドアに鍵をかけていたことだ。

Il y avait quelque chose dans cette idée qui le chatouillait.

その考えには彼をくすぐるような何かがあった。

Et malgré ses difficultés, il ne put réprimer un sourire.

そして、苦難にもかかわらず、彼は笑いを抑えることができなかった。

Il était déjà sur le point de perdre l'équilibre.

彼はすでにバランスを崩しそうになっていた。

Chaque balancement le rapprochait un peu plus du moment où il basculerait du lit.

揺れるたびに、彼はベッドから落ちそうになった。

Il allait bientôt devoir prendre la décision finale.

間もなく彼は最終決断を下さなければならなくなった。

Dans cinq minutes, il serait sept heures et quart.

5分後には7時15分になるところだった。

Tandis qu'il était plongé dans ces pensées, la sonnette retentit.

彼がそんなことを考えていると、ドアベルが鳴った。

« C'est quelqu'un du bureau », se dit-il.

「あれはオフィスの誰かだ」と彼は心の中で思った。

Et il fut presque paralysé de peur à cause du visiteur.

そして彼は訪問者に対する恐怖で凍り付きそうになった。

Ses jambes s'agitaient encore plus sauvagement qu'auparavant.

彼の足は前よりもさらに激しく踊った。

Mais ensuite, pendant un instant, tout resta silencieux.

しかし、その後、一瞬、すべてが静かになりました。

« Ils n'ouvriront pas la porte », se dit Gregor.

「彼らはドアを開けてくれない」とグレゴールは心の中で思った。

Il était encore prisonnier d'un espoir insensé.

彼はまだ無意味な希望に囚われていた。

Mais ensuite, bien sûr, la bonne s'est dirigée vers la porte.

しかし、当然のことながら、メイドはドアに向かって歩きました。

Et, comme toujours, elle ouvrit la porte au visiteur.

そして、いつものように、彼女は訪問者のためにドアを開けました。

Gregor n'avait besoin d'entendre que les premiers mots de bienvenue du visiteur.

グレゴールは訪問者の最初の挨拶を聞くだけでよかった。

Il a tout de suite compris qui était venu le chercher.

彼は誰が彼を迎えに来たのかすぐに分かった。

Le chef de bureau en personne était venu prendre des nouvelles de Samsa.

主任事務員自らサムサの様子を見に来た。

Pourquoi Gregor était-il le seul à être condamné à un tel sort ?

なぜグレゴールだけがこのような運命をたどったのでしょうか?

Pourquoi lui seul a-t-il dû servir dans une telle organisation ?

なぜ彼だけがそのような組織に所属しなければならなかった
のでしょうか？

Le moindre oubli éveillait immédiatement les soupçons.

ほんの少しの見落としでもすぐに疑惑が浮上した。

Tous les employés qui travaillaient là-bas étaient-ils des scélérats ?

そこで働いていた従業員は全員悪党だったのか？

N'y avait-il donc parmi eux aucune personne fidèle et dévouée ?

彼らの中には忠実で献身的な人はいなかったのでしょうか？

N'auraient-ils pas pu simplement envoyer un apprenti ?

弟子を送ってくればよかったのではないですか？

Toutes ces interrogations étaient-elles vraiment nécessaires ?

これらすべての質問は本当に必要だったのでしょうか？

Le représentant autorisé devait-il se déplacer en personne ?

代理人が自ら来なければならなかったのですか？

Fallait-il vraiment informer toute la famille innocente ?

罪のない家族全員に知らせる必要があったのでしょうか？

Toutes ces considérations ont poussé Gregor à agir.

これらすべての考慮がグレゴールを行動へと駆り立てた。

Il se hissa hors du lit de toutes ses forces.

彼は全力でベッドから飛び起きた。

Il y a eu une forte détonation, mais ce n'était pas vraiment un bruit.

大きな音がしたが、それは実際には騒音ではなかった。

La chute avait été légèrement amortie par le tapis.

カーペットのおかげで落下の衝撃が少し和らぎました。

Son dos était plus élastique que Gregor ne l'avait imaginé.

彼の背中はグレゴールが思っていた以上に弾力があった。

Le son était donc plus sourd et moins perceptible.

そのため、音はより鈍くなり、それほど目立たなくなりました。

Mais il n'avait pas fait attention à sa tête pendant sa chute.
しかし、彼は転倒時に頭のケアをしていなかった。

Et lorsqu'il a touché le sol, il s'est aussi cogné la tête.
そして地面に落ちた時、頭も打ったのです。

Il se frotta la tête sur le tapis, en colère et souffrant.
彼は怒りと痛みで頭をカーペットにこすりつけた。

Mais le gérant, qui se trouvait dans la pièce d'à côté, a entendu le bruit.
しかし、隣の部屋の管理人がその騒音に気づきました。

« Quelque chose est tombé là-dedans », a-t-il observé avec justesse.
「何かがそこに落ちた」と彼は正しく観察した。

Gregor essaya d'imaginer le manager dans sa situation.
グレゴールは、マネージャーが自分の立場だったらどうなるかを想像しようとした。

« La même chose pourrait-elle lui arriver ? » se demanda-t-il.
「彼にも同じことが起こるのだろうか？」と彼は思った。

Il a admis que cet étrange événement pouvait être possible.
彼はこの奇妙な出来事が起こり得ることを認めた。

Puis le chef de bureau fit quelques pas vers la pièce.
それから、事務長は部屋まで数歩歩いて行きました。

C'était presque une réponse grossière à la question qu'il avait posée.
それは彼が尋ねた質問に対するほとんど粗雑な答えでした。

Ses bottes en cuir grinçaient lorsqu'il s'approcha de la porte.
彼がドアに近づくと革のブーツがきしんだ。

Depuis la pièce située à sa droite, sa servante lui chuchota quelque chose.
右手の部屋からメイドが彼にささやいた。

"Gregor, le représentant autorisé est ici."

「グレゴール、正式な代表者がここにいます。」

« Je sais », dit Gregor, mais seulement à voix basse pour lui-même.

「わかっているよ」とグレゴールは心の中で静かに言った。

Il n'osait pas élever la voix au-dessus d'un murmure.

彼はささやき声以上の声を上げる勇気がなかった。

Parce que Gregor ne voulait pas que sa sœur l'entende.

グレゴールは妹に聞かれたくなかったからです。

« Gregor », dit le père depuis la pièce de gauche.

「グレゴール」と父親が左側の部屋から言った。

«Le responsable est venu vérifier quel est le problème.»

「マネージャーが何が問題なのか確認しに来ました。」

« Il vous a demandé pourquoi vous n'aviez pas pris le premier train. »

「彼はなぜ早い電車で出発しなかったのかと尋ねました。」

« Nous ne savons pas quoi lui dire », a déclaré le père.

「息子に何と言えばいいのか分からない」と父親は語った。

« D'ailleurs, il souhaite également vous parler personnellement. »

「ところで、彼はあなたと個人的に話したいとも言っています。」

« Veuillez ouvrir la porte, afin qu'il puisse vous parler. »

「彼があなたと話せるように、ドアを開けてください。」

« Il aura la gentillesse d'excuser le désordre dans la chambre. »

「彼は部屋の散らかりを許してくれるほど親切だ。」

« Bonjour, Monsieur Samsa », lui lança le directeur.

「おはようございます、ザムザさん」とマネージャーが彼に呼びかけた。

Et il lui a certainement parlé de manière amicale.

そして彼は確かに彼に対して友好的に話しました。

« Il ne se sent pas bien », dit la mère au gérant.

「彼は具合がよくありません」と母親はマネージャーに言った。

« Il ne va pas bien du tout, croyez-moi, cher manager. »

「彼は全然調子がよくありません、信じてください、親愛なるマネージャー。」

« Sinon, pourquoi Gregor aurait-il raté le train du matin ? »

「そうでなければ、なぜグレゴールは朝の電車に乗り遅れるのでしょうか？」

«Le garçon ne pense qu'à ses affaires.»

「その少年は仕事のことしか考えていない。」

« Cela m'agace presque qu'il ne fasse rien d'autre. »

「彼が他に何もしないことが私をほとんどイライラさせる。」

« J'aimerais qu'il sorte le soir pour prendre l'air. »

「彼には夕方に新鮮な空気を吸いに外に出ていってほしい。」

« Il était en ville pendant huit jours pour affaires. »

「彼は仕事で8日間市内に滞在していた。」

« Mais il était chez lui tous les soirs. »

「しかし、彼は毎晩家にいたのです」

«Il s'assoit à notre table et lit le journal.»

「彼は私たちのテーブルに座って新聞を読みます。」

« À d'autres moments, il étudie les horaires des trains. »

「他の時には、電車の時刻表を調べます。」

«Il lui arrive de s'occuper en faisant de la menuiserie.»

「時々彼は大工仕事をして忙しくしているんです。」

« Par exemple, il a sculpté un petit cadre photo en bois. »

「例えば、彼は小さな木製の額縁を彫りました。」

« Pendant deux ou trois soirées, il était occupé avec la scie. »

「二、三晩にわたって彼はのこぎりで忙しくしていた。」

«Vous serez étonné(e) de voir à quel point le cadre photo est joli.»

「この額縁の美しさにきっと驚かれると思います。」

«Il a accroché le cadre photo dans sa chambre.»

「彼は自分の部屋に額縁を掛けました。」

« Quand il ouvrira la porte, vous verrez ses boiseries. »

「彼がドアを開けると、木製の細工が見えるでしょう。」

« Au fait, je suis ravi que vous soyez ici, Monsieur Prokurist. »

「ところで、プロクリストさん、あなたがここにいてくれて嬉しいです。」

« Nous n'aurions pas pu, à nous seuls, forcer Gregor à ouvrir la porte. »

「私たちだけではグレゴールにドアを開けさせることはできなかったでしょう。」

« Il est tellement têtu », a avoué sa mère au vendeur.

「彼は本当に頑固なんです」と母親は店員に打ち明けた。

« Il est certainement malade, même s'il l'a nié auparavant. »

「彼は以前は否定していたが、確かに体調が悪い。」

« J'arrive tout de suite », dit Gregor lentement et prudemment.

「すぐそこへ行くよ」グレゴールはゆっくりと慎重に言った。

Mais il ne fit aucun mouvement vers la porte de la pièce.

しかし彼は部屋のドアに向かって動かなかった。

Il ne voulait pas perdre un seul mot de la conversation.

彼は会話の一言も聞き逃したくなかった。

Le chef de bureau a approuvé l'évaluation de la mère.

主任事務員は母親の評価に同意した。

« Je ne peux pas l'expliquer autrement non plus, madame. »

「私も他の方法では説明できません、奥様。」

« Espérons tous qu'il ne souffre d'aucune maladie grave », a-t-il déclaré.

「彼が深刻な病気にかかっていないことを皆で願おう」と彼は言った。

« D'un autre côté, c'est un risque pour notre secteur. »

「その一方で、それは私たちの業界にとって危険です。」

« Nous, les hommes d'affaires, devons souvent surmonter un certain malaise. »

「私たちビジネスマンは、不快感を克服しなければならないことが多々あります。」

« Les professionnels doivent simplement faire abstraction des petites douleurs. »

「プロはちょっとした痛みも乗り越えるしかない。」

Pendant ce temps, son père frappa de nouveau à l'autre porte.

その間に、父親は再び別のドアをノックした。

« Le chef de bureau peut-il entrer maintenant ? » demanda-t-il.

「主任事務員は今入って来られますか？」と彼は知りたがっていました。

« Non, il ne peut pas », répondit Gregor à la question de son père.

「いいえ、できません」とグレゴールは父親の質問に答えた。

Un silence gênant s'installa dans la pièce de gauche.

左側の部屋に気まずい沈黙が訪れた。

Dans la pièce de droite, la sœur se mit à sangloter.

右側の部屋では、妹が泣き始めました。

Pourquoi la sœur n'était-elle pas partie rejoindre les autres ?

なぜ妹は他の人たちと一緒に行かなかったのでしょうか?

Elle venait probablement de se lever, pensa-t-il.

彼女はおそらくベッドから出たばかりだろう、と彼は思った。

Elle n'a peut-être même pas encore commencé à s'habiller.

彼女はまだ着替えを始めていないかもしれない。

Mais Gregor ne comprenait pas pourquoi elle pleurait.

しかしグレゴールは彼女がなぜ泣いているのか理解できませんでした。

Était-ce parce qu'il ne s'était pas levé pour laisser entrer le directeur ?

彼が立ち上がってマネージャーを中に入れなかったからでしょうか?

Était-ce parce qu'il risquait de perdre son emploi ?

職を失う危険があったからでしょうか?

Le patron pourrait-il s'en prendre aux parents comme avant ?

ボスは以前のように親を狙うのでしょうか?

Allait-il leur formuler à nouveau les mêmes exigences qu'auparavant ?

彼はまた彼らに昔の要求をするつもりだったのだろうか?

Il n'y avait probablement pas lieu de s'inquiéter de ces choses-là.

こういったことはおそらく心配する必要はなかったでしょう。

Pour le moment, elle n'avait aucune raison de pleurer.

今のところ彼女には泣く理由がなかった。

Gregor était toujours là, subvenant aux besoins de sa famille.

グレゴールはまだここにいて、家族を養っていました。

Et il n'a jamais eu l'intention de quitter sa famille.

そして彼は家族を離れるつもりなど一度もなかった。

Pour le moment, il restait simplement allongé là, sur le tapis.

とりあえず彼はカーペットの上に横たわったままでした。

La famille ignorait son état.

家族は彼の容態を知らなかった。

S'ils avaient su, ils n'auraient pas encouragé son patron.

知っていたら、彼らは上司を励まさなかっただろう。

Ils n'auraient même pas laissé entrer le gérant.

彼らは管理人を家に入れることさえしなかったでしょう。

Le refouler n'aurait pas été particulièrement impoli.

彼を拒否することは特に失礼なことではなかっただろう。

Il aurait facilement pu trouver une excuse convenable plus tard.

彼は後から簡単に適当な言い訳を見つけることができたはずだ。

Ce n'était pas un motif de licenciement.

そんなことのために彼は解雇されるはずがなかった。

Gregor pensait qu'il serait plus judicieux de le laisser tranquille désormais.

グレゴールは今は一人でいるほうが賢明だと感じた。

Le déranger en pleurant et en parlant n'a pas beaucoup aidé.

泣いたり話したりして彼を邪魔してもほとんど効果はなかった。

Mais c'était l'incertitude qui inquiétait les autres.

しかし、他の人々を悩ませていたのは、その不確実性だった。

Et c'est cette incertitude qui a excusé leur comportement.

そして、この不確実性が彼らの行動を正当化したのです。

« Monsieur Samsa », appela le directeur d'une voix forte.

「サムサさん」マネージャーは声を上げて呼びかけた。

« Qu'est-ce qui se passe avec toi ? » a-t-il voulu savoir.

「どうしたんだい？」彼は知りたがった。

« Tu t'es barricadé dans ta chambre. »
「あなたは自分の部屋に閉じこもっていますね。」
«Vous ne pouvez répondre que par «oui» ou «non».»
「『はい』か『いいえ』のどちらかでしか答えられません。」
«Vous causez de sérieux soucis à vos parents.»
「あなたは両親に大変な心配をかけています。」
« Je ne vois pas de bonne raison de les inquiéter. »
「なぜ彼らを心配させるのか、よく分からない。」
« Il y a une autre chose que je mentionnerai en passant. »
「ついでにもう一つ触れておきたいことがあります。」
«Vous négligez également vos obligations professionnelles envers nous.»
「あなたは私たちに対する業務上の義務も怠っています。」
« Une telle irresponsabilité ne vous ressemble pas du tout. »
「そんな無責任な態度は、あなたの性格とは全く違いますよ。」
« Je parle ici au nom de vos parents et de votre patron. »
「私はあなたの両親とあなたの上司に代わってここで話します。」
« Et je vous demande une explication immédiate et claire. »
「そして私はあなたに即時かつ明確な説明を求めます。」
« Je dois dire que tout cela m'étonne vraiment. »
「この出来事には本当に驚かされます」と言わざるを得ません。
« Je pensais vous connaître comme une personne calme et raisonnable. »
「私はあなたを冷静で理性的な人だと思っていたのですが。」
« Mais maintenant, tu nous montres une autre facette de toi. »

「でも今は、あなたの違った一面を見せてくれていますね。
」
«Vous faites soudain preuve de vos caprices très particuliers.»
「突然、とても奇妙な気まぐれを見せたね。」
« Mais il pourrait y avoir une explication à votre échec. »
「しかし、あなたの失敗には説明があるかもしれません。」
« Le patron a mentionné une dette que vous aviez recouvrée pour nous. »
「上司はあなたが私たちのために回収した借金について話していました。」
« J'ai donné ma parole d'honneur au patron en votre nom. »
「私はあなたに代わって上司に名誉の誓いを伝えました。」
« Mais maintenant je vois votre obstination incompréhensible. »
「しかし今、私はあなたの理解できない頑固さを知りました。」
« Je pourrais encore perdre toute envie de vous aider. »
「あなたを助けたいという気持ちが、まだ完全に失われてしまうかもしれません。」
«Votre sécurité d'emploi n'est en aucun cas totalement stable.»
「あなたの雇用保障は決して完全に安定しているわけではありません。」
« À l'origine, je comptais vous dire tout cela en privé. »
「私はもともとこれをあなたに個人的に話すつもりでした。
」
« Mais maintenant je vois que vous voulez que je perde mon temps ici. »

「でも、ここで私の時間を無駄にさせたいのだと分かりました。」

«Je ne vois donc aucune raison pour que vos parents ne le sachent pas.»

「だから、あなたの両親が知らない理由はないと思いますよ。」

«Vos récentes performances n'ont pas été satisfaisantes.»

「あなたの最近のパフォーマンスは満足できるものではありません。」

« Je reconnais que les ventes sont plus lentes à cette période de l'année. »

「確かにこの時期は売り上げが落ちます。」

« Mais il n'y a pas de période de l'année où il n'y a pas de ventes. »

「しかし、一年中、セールのない時期などありません。」

Pendant un instant, Gregor oublia tout ce qui l'entourait.

一瞬、グレゴールは周囲のすべてを忘れた。

« Mais Monsieur Prokurist ! » s'écria Gregor, désespéré.

「しかしプロクーリストさん」グレゴールは絶望して叫んだ。

« J'ouvre la porte tout de suite, maintenant, ne vous inquiétez pas. »

「今すぐドアを開けるから、心配しないで。」

«Le problème, c'est que je ne me sens pas très bien.»

「問題は、かなり体調が悪かったことです。」

« Mes vertiges m'ont empêché d'atteindre la porte. »

「めまいのせいでドアまで行けなかった。」

« Je suis encore au lit, mais je me sens beaucoup mieux. »

「まだベッドに横たわっていますが、気分はずっと良くなりました。」

«Un instant, s'il vous plaît, je viens de me lever.»

「ちょっと待ってください。今ベッドから出たところです。
」

« Un instant de patience, c'est tout ce que je vous demande,
Monsieur Prokurist. »

「少しの間だけお待ちください、プロクリストさん」

« Ça ne se passe pas aussi bien que je le pensais, mais ça ira.
»

「思ったよりはうまくいかないけど、大丈夫だよ。」

« Comment une telle chose peut-elle arriver à une personne
aussi rapidement ? »

「どうしてこんなに急にそんな事が起きるんだろう？」

« Je me sentais bien hier soir, mes parents le savent. »

「昨夜は気分がよかったんです。両親もそれを知っています
。」

« Mais peut-être avais-je déjà un petit pressentiment à ce
moment-là. »

「でも、その時すでに少し予感はしていたのかもしれない。
」

«Vous pourriez vous demander pourquoi je ne l'ai pas
signalé au bureau.»

「なぜ職場に報告しなかったのかと疑問に思うかもしれませ
ん」

« Je pensais que je me sentirais beaucoup mieux demain
matin. »

「朝になったらまた気分が良くなるだろうと思った。」

« On pense toujours qu'ils auront vaincu la maladie d'ici là.
»

「その時までに病気を克服できるだろうといつも思うのです
。」

« Mais je vous en prie ! Épargnez mes parents de ces
accusations ! »

「でも、お願いです！私の両親をこんな非難から遠ざけてください！」

« On ne m'a pas dit un mot de ce que vous m'avez dit. »

「あなたから言われたことは、一言も聞いていません。」

« Il se peut que vous n'ayez pas lu les dernières commandes que j'ai envoyées. »

「私が最後に出した命令を読んでいないかもしれません。」

« Au fait, vous n'avez pas à vous inquiéter pour moi aujourd'hui. »

「ところで、今日は私のことは心配しなくていいよ。」

«Je vais quand même prendre le train de huit heures.»

「私はやはり8時の電車に乗るつもりです。」

« Ces quelques heures de repos m'ont suffisamment revigoré. »

「数時間の休息で十分に元気になりました。」

« Vous n'avez vraiment pas besoin d'attendre, manager. »

「店長、待つ必要は全くありませんよ」

« Moi aussi, je serai bientôt au bureau. »

「私ももうすぐオフィスに行きますよ。」

« Et s'il vous plaît, ayez la gentillesse de dire un mot en ma faveur. »

「そして、どうか私のために良い言葉をかけてあげてください。」

Gregor avait donné son explication assez précipitamment.

グレゴールは急いで説明を述べた。

Il ne savait pas vraiment ce qu'il essayait de dire.

彼は自分が本当に何を言おうとしているのかほとんど分かっていなかった。

Il s'est approché de la boîte et a essayé de s'en servir pour se lever.

彼は箱のところに行き、それを使って立ち上がろうとしました。

Il avait vraiment l'intention d'ouvrir la porte.

彼は本当にドアを開けるつもりだった。

Il souhaitait être reçu par le représentant autorisé.

彼は正式な代表者に会ってほしいと考えていた。

Et il voulait régler le problème avec lui personnellement.

そして彼は個人的に彼と一緒に問題を解決したいと考えていました。

Il était impatient de savoir comment les autres réagiraient à son égard.

彼は他の人たちが自分に対してどう反応するか知りたがっていた。

Ils doivent maintenant être impatients de savoir comment il va.

彼らも今頃は彼の様子を知りたがっているに違いない。

Il y avait deux façons possibles dont ils pouvaient réagir face à lui.

彼らが彼に対して反応する方法は2つ考えられました。

Une possibilité était qu'ils aient peur.

一つの可能性としては、彼らは怖がるだろうということだ。

S'ils avaient peur, alors il n'en était pas responsable.

もし彼らが怖がっていたのなら、彼には責任はない。

Et alors, il n'aurait plus à s'inquiéter de la situation.

そうすれば、彼はその状況について心配する必要がなくなるでしょう。

Mais il y avait aussi une autre possibilité à envisager.

しかし、考えるべき別の可能性もありました。

Peut-être accepteraient-ils sereinement sa personnalité.

もしかしたら彼らは彼のありのままを冷静に受け入れるかも
しれない。

Gregor n'aurait alors aucune raison de se fâcher non plus.
そうすれば、グレゴールも怒る理由がなくなるでしょう。

Il y aurait encore assez de temps pour prendre le train.
電車に乗るにはまだ十分な時間があるだろう。

Cependant, se tenir debout n'était pas une tâche facile.
しかし、直立することは決して簡単なことではありませんで
した。

Lors de ses premières tentatives, il a glissé hors de la boîte.
最初の数回の試みで、彼は箱から滑り落ちてしまいました。

La boîte était trop lisse pour qu'il puisse s'y appuyer.
その箱はあまりにも滑らかだったので、彼はそれに耐えるこ
とができなかった。

Et finalement, il se donna un dernier effort pour se relever.
そしてついに彼は立ち上がるために最後の力を振り絞った。

**Il ne prêta plus attention à la douleur qu'il ressentait à
l'abdomen.**
彼は腹部の痛みにもう注意を払わなかった。

Peu importe l'intensité de la douleur, il la surmonterait.
どれだけの痛みでも、彼はそれを乗り越えるだろう。

Il se laissa tomber contre le dossier d'une chaise voisine.
彼は近くの椅子の背もたれに倒れ込んだ。

Et il s'accrochait aux bords avec ses petites jambes.
そして彼は小さな足で端につかまりました。

À ce stade, il avait repris le contrôle de lui-même.
彼はこの時点で自分自身をよりコントロールできるようにな
った。

Et sa chute fut plus silencieuse que la précédente.
そして彼の転落は前回よりも静かになった。

Parce qu'il devait écouter ce que disait le manager.

なぜなら彼はマネージャーの言うことを聞かなければならなかったからです。

« Avez-vous compris quelque chose à tout cela ? » demanda-t-il aux parents.

「あなたたちはそれを少しでも理解しましたか？」と彼は両親に尋ねた。

« Il ne se moquerait pas de nous, n'est-ce pas ? »

「彼は私たちを馬鹿にしたりしないでしょうね？」

« Pour l'amour de Dieu ! » s'écria la mère, déjà en larmes.

「お願いだから」母親はすでに泣きながら叫んだ。

« Il est peut-être gravement malade et nous le tourmentons. »

「彼は重病かもしれない、そして私たちは彼を苦しめている。」

« Grete ! Grete ! » cria-t-elle à sa fille.

「グレーテ！グレーテ！」彼女は娘に向かって叫びました。

« Maman ? » appela la sœur de l'autre côté.

「お母さん？」と反対側から妹が呼びかけた。

Ils ont ensuite communiqué par l'intermédiaire de la chambre de Gregor.

それから彼らはグレゴールの部屋を通して連絡を取り合った。

« Gregor est très malade et il a besoin de médicaments. »

「グレゴールは重病なので薬が必要です。」

«Vous devrez aller chez le médecin immédiatement.»

「すぐに医者に行かなければなりません。」

« Tu as entendu comment Gregor parlait tout à l'heure ? »

「グレゴールが今話した内容を聞いたか？」

« C'était la voix d'un animal », a déclaré le gérant.

「あれは動物の声だった」とマネージャーは言った。

Ses paroles étaient douces comparées aux cris de la mère.

彼の言葉は母親の叫び声に比べれば静かだった。

« Anna ! Anna ! » appela le père depuis l'antichambre.

「アンナ！アンナ！」父親は控え室から呼びかけた。

Et il a claqué des mains pour attirer leur attention.

そして彼は彼らの注意を引くために手を叩きました。

« Appelez immédiatement un serrurier ! » ordonna-t-il à la bonne.

「すぐに鍵屋を呼んで来い！」彼はメイドに命じた。

Les filles, en jupes, traversèrent l'antichambre en courant.

少女たちはスカートをはいたまま、控え室を走り抜けた。

Et leurs jupes bruissaient lorsqu'elles passèrent en courant devant sa chambre.

そして、彼女たちが彼の部屋の前を走り抜けると、スカートがカサカサと音を立てた。

« Comment sa sœur a-t-elle fait pour s'habiller si vite ? » se demanda-t-il.

「妹はどうやってそんなに早く服を着たのだろう？」と彼は思った。

La porte a été arrachée, mais elle n'a pas été claquée.

ドアは引き裂かれて開いたが、バタンと閉められていなかった。

C'est fréquent dans les maisons où survient un grand malheur.

これは大きな不幸が起こった家庭ではよくあることです。

Mais tout cela avait considérablement apaisé Gregor.

しかし、このすべてのことでグレゴールはずっと穏やかになった。

Quand il entendait ses propres paroles, elles lui paraissaient claires.

彼は自分の言葉を聞いて、それが自分には明確に思えた。

En fait, il estimait que ses paroles avaient été plus claires.

実際のところ、彼は自分の言葉がより明確になったと感じた
。

Mais les autres ne comprenaient plus ce qu'il disait.
しかし、他の人たちは彼が何を言っているのかもう理解でき
ませんでした。

Peut-être s'était-il habitué à ses oreilles à ce moment-là.
おそらく彼はもう自分の耳に慣れてしまっていたのだろう。

Mais au moins, ils comprenaient maintenant mieux sa situation.
しかし、少なくとも彼らは彼の状況をよりよく理解するよう
になりました。

Ils se sont rendu compte qu'il y avait vraiment quelque chose qui n'allait pas chez lui.
彼らは本当に彼に何か問題があることに気づいた。

Et ils faisaient maintenant tout leur possible pour l'aider.
そして彼らは今、彼を助けるために全力を尽くしていました
。

Cela redonna à Gregor un sentiment de confiance qui lui manquait.
これにより、グレゴールは自分が失っていた自信を取り戻し
た。

Et il se sentait de nouveau beaucoup plus en sécurité au sein de sa famille.
そして彼は、家族の中で再びずっと安心感を覚えるようにな
りました。

Il avait le sentiment d'être à nouveau intégré au cercle humain.
彼は再び人間の輪の中に加わったと感じた。

Il ne lui restait plus qu'à espérer que le serrurier puisse ouvrir la porte.

今、彼は鍵屋がドアを開けてくれることを願うしかありませ
んでした。

**Et il espérait que le médecin serait capable d'accomplir de
telles tâches.**

そして彼は、医師がそのような仕事を行えることを望んだ。

Il allait bientôt devoir reprendre la parole.

彼はすぐにまたもっと話をしなければならなくなるだろう。

Il allait falloir que sa voix soit aussi claire que possible.

彼の声はできる限り明瞭でなければならなかった。

Pour se préparer à la réunion, il s'éclaircit la gorge.

会議の準備のために彼は咳払いをした。

Il s'efforçait toutefois de tousser très discrètement.

しかし、彼は極力静かに咳をするように努めた。

Ce bruit pouvait être différent d'une toux humaine.

その音は人間の咳とは違って聞こえたかもしれない。

**Il savait qu'il ne pouvait plus faire la différence entre de
telles choses.**

彼はもはやそのようなものを区別することはできないと知っ
ていた。

Dans la pièce voisine, le silence était total.

隣の部屋はすっかり静かになっていました。

Les parents étaient probablement assis à table.

おそらく両親もテーブルに座っていたのでしょう。

Ils chuchotaient peut-être avec le gérant.

マネージャーとひそひそ話をしていたのかもしれません。

**Peut-être que tout le monde était appuyé contre la porte et
écoutait.**

たぶんみんなドアに寄りかかって聞いていたのでしょう。

Gregor poussa lentement la chaise vers la porte.

グレゴールはゆっくりと椅子をドアの方へ押した。

Il s'appuya contre la porte et se tint droit.

彼はドアを押して、体をまっすぐに保った。

Il a découvert que la plante de ses pieds était légèrement collée.

彼は足の裏に少し接着剤が付いていることを知りました。

Et il se reposa là un instant, épuisé.

そして彼はそこで少しの間、労苦から休んだ。

Après s'être suffisamment reposé, il s'attela à la tâche suivante.

十分に休んだ後、彼は次の仕事に取り掛かりました。

Il commença à tourner la clé dans la serrure avec sa bouche.

彼は口で鍵を回そうとした。

Malheureusement, il semblait qu'il n'avait pas de dents.

残念ながら、彼には実際の歯がなかったようです。

Mais quel autre moyen avait-il pour s'emparer des clés ?

しかし、他に鍵を手に入れる手段はあったのでしょうか?

Heureusement pour lui, ses mâchoires étaient bien sûr très fortes.

幸いなことに、彼の顎は当然ながら非常に強かった。

Grâce à la force de ses mâchoires, il a vraiment réussi à faire bouger la clé.

彼は顎の力を借りて、本当に鍵を動かした。

Il ne doutait pas qu'il se faisait du mal à lui-même également.

彼は自分自身にも危害を加えていることに何の疑いも持っていなかった。

Parce qu'un liquide brunâtre sortait de sa bouche.

茶色い液体が口から出ていたからです。

Le liquide brunâtre a coulé sur la clé et le long de la porte.

茶色の液体が鍵を越えてドアの下へ流れ落ちました。

Mais Gregor ne se souciait pas de se faire du mal.

しかし、グレゴールは自分が傷ついていることを気にしませんでした。

« Vous entendez ça ? » demanda le gérant dans la pièce voisine.

「聞こえますか？」と隣の部屋のマネージャーが言った。

« Il tourne la clé », avait remarqué le gérant.

「彼は鍵を回している」とマネージャーは気づいた。

Ces paroles furent un grand encouragement pour Gregor.

この言葉はグレゴールにとって大きな励みとなった。

Mais le père et la mère auraient également dû crier :

しかし、父親と母親もこう叫ぶべきでした。

« Bien joué, Gregor ! » auraient-ils dû lui crier.

「よかった、グレゴール」彼らは彼に向かって叫ぶべきだった。

«Continue, continue de tourner la clé, tu peux le faire.»

「そのまま進み続けて、鍵を回し続けてください。あなたならできます。」

Mais Gregor dut plutôt imaginer leur enthousiasme.

しかし、グレゴールは彼らの興奮を想像しなければなりませんでした。

Il serra les mâchoires de toutes ses forces.

彼は全力で歯を食いしばった。

Et il continua à tourner la clé dans la serrure.

そして彼は鍵を錠前の中で回し続けました。

Son corps se tordit douloureusement en un cercle.

彼の体は痛々しく円を描いてねじれた。

Il ne tenait plus debout qu'avec sa bouche.

彼は今、口だけで体を支えていた。

Pour continuer à tourner la clé, il appuya contre la porte.

彼は鍵を回し続けるためにドアに押し付けた。

Finalement, le claquement de la serrure réveilla de nouveau Gregor.

ついに鍵がカチッと鳴ってグレゴールは再び目を覚ました。

« Je n'avais donc pas besoin du serrurier », soupira-t-il de soulagement.

「だから鍵屋は必要なかったんだ」彼は安堵のため息をついた。

Il ne lui restait plus qu'à ouvrir la porte qu'il avait déverrouillée.

今、彼は鍵を開けたドアを開けるだけでよかった。

Et, la tête sur la poignée, il ouvrit la porte.

そして彼は頭をドアの取っ手に乗せてドアを開けた。

Il se trouvait derrière la porte qui donnait sur sa chambre.

彼は自分の部屋に通じるドアの後ろにいた。

La porte était donc déjà ouverte avant même qu'on puisse le voir.

つまり、彼が姿を見る前にドアはすでに開いていたのです。

Il lui fallait ensuite se faufiler autour de la porte elle-même.

次に彼はドアの周りを回らなければなりませんでした。

Ce mouvement difficile a également nécessité beaucoup d'efforts.

この難しい動きにもかなりの労力がかかりました。

Il ne voulait pas tomber maladroitement dans la pièce voisine.

彼は不器用に隣の部屋に落ちたくなかった。

Il n'avait donc pas le temps de prêter attention à quoi que ce soit d'autre.

そのため、彼は他のことに注意を払う時間がなかった。

Mais il entendit alors le chef de bureau s'exclamer bruyamment : « Oh ! »

しかしその時、彼は主任事務員が大きな声で「ああ！」と言うのを聞きました。

On aurait dit que le vent soufflait en rafales dans la maison.

まるで風が家の中を吹き抜けていくような音がした。

Il se trouvait être celui qui était le plus proche de la porte.

彼はたまたまドアに一番近かったのです。

Et maintenant, en le voyant, il porta sa main à sa bouche.

そして今、彼を見ると、彼は口に手を当てた。

Il recula lentement, s'éloignant de Gregor.

彼はゆっくりと後ずさりして、グレゴールから離れていった。

Mais c'était comme si une force invisible agissait sur lui.

しかし、まるで目に見えない力が彼に作用しているかのようでした。

La première chose que fit la mère fut de regarder le père.

母親が最初にしたのは父親を見ることでした。

Malgré la présence du gérant, ses cheveux étaient en désordre.

マネージャーがいたにもかかわらず、彼女の髪は乱れていた。

Elle déplia les bras et fit deux pas en avant.

彼女は腕を広げて二歩前進した。

Mais elle s'est effondrée au milieu de sa jupe.

しかし、彼女はスカートの真ん中に倒れ込んでしまいました。

Sa robe s'est étalée tout autour d'elle sur le sol.

彼女のドレスは床の上で彼女の周りに広がった。

Et sa tête disparut sur sa poitrine.

そして彼女の頭は彼女自身の胸の上に消えた。

Le père serra le poing avec une expression hostile.

父親は敵意に満ちた表情で拳を握りしめた。

Il semblait vouloir que Gregor soit renvoyé dans sa chambre.

彼はグレゴールを自分の部屋に押し戻して欲しいと思ってい
るようだった。

Il jeta ensuite un regard incertain autour du salon.

それから彼は不安そうにリビングルームを見回した。

Et finalement, il se couvrit les yeux entre ses mains.

そしてついに彼は両手で目を覆った。

Et il pleura amèrement jusqu'à ce que sa poitrine puissante tremble.

そして彼は胸が震えるほど激しく泣いた。

Gregor n'est en réalité pas entré dans leur chambre.

グレゴールは実際には彼らの部屋には全く入っていませんで
した。

Au lieu de cela, il s'appuya contre le cadre de la porte.

その代わりに彼はドアの枠に身を預けた。

Seule la moitié de son corps était visible de l'extérieur.

外から見えるのは彼の体の半分だけだった。

Et sur son corps reposait sa tête, inclinée sur le côté.

そして彼の体の上には、横に傾いた頭がありました。

La lumière était désormais devenue beaucoup plus vive qu'auparavant.

この時までに、光は前よりもずっと明るくなっていました。

On pouvait désormais voir clairement l'autre côté de la rue.

今では通りの反対側がはっきりと見えるようになりました。

Une partie de l'hôpital gris et interminable se dévoila.

果てしなく続く灰色の病院の一部が姿を現した。

La pluie matinale n'avait pas encore complètement cessé de tomber.

朝の雨はまだ完全には止んでいなかった。

Mais maintenant, les gouttes de pluie étaient plus grosses et plus espacées.

しかし、今では雨粒は大きくなり、間隔も広くなっていました。

Les plats du petit-déjeuner étaient disposés en abondance sur la table.

朝食の料理がテーブルの上にたくさん並んでいました。

Le père considérait le petit-déjeuner comme le repas le plus important.

父親は朝食が最も重要な食事だと考えていた。

Le petit-déjeuner était un repas qu'il s'éternisait pendant des heures.

朝食は彼が何時間もかけて食べた食事だった。

Et pendant ces heures, il lisait les différents journaux.

そして、この時間を利用して彼は様々な新聞を読みました。

Juste en face, sur le mur, était accrochée une photo de Gregor.

ちょうど反対側の壁にはグレゴールの写真が掛かっていた。

La photographie accrochée au mur le montrait en lieutenant.

壁にかかっている写真には彼が中尉の姿が写っていた。

C'était une photo de l'époque où il était dans l'armée.

それは彼が軍隊にいたころの写真でした。

Sa main était posée sur son épée, et il arborait un sourire insouciant.

彼は剣に手を置いて、屈託のない笑みを浮かべていた。

Sa posture et son uniforme imposaient un certain respect.

彼の姿勢と制服はある種の尊敬を必要とした。

L'autre porte qui menait à l'antichambre était également ouverte.

控え室に通じるもう一つのドアも開いていた。

Et la porte de l'appartement était encore ouverte elle aussi.

そしてアパートのドアもまだ開いたままでした。

On pouvait voir jusqu'à la cour de l'immeuble.

アパートの前庭までずっと見渡すことができました。

Puis les escaliers descendaient sur la rue en contrebas.

そして階段は下の道路へと続いていました。

Gregor était le seul à avoir gardé son sang-froid.

平静を保っていたのはグレゴールだけだった。

Il a constaté cela, la conversation était donc de sa responsabilité.

彼はこれを見たので、会話は彼の責任になりました。

« Bon, je vais m'habiller pour le travail maintenant », dit-il.

「さて、これから仕事に行くために着替えてきます」と彼は言った。

« Une fois que j'aurai emballé les échantillons de tissu, je partirai. »

「織物のサンプルを梱包したら出発します。」

«Vous comptez toujours me tirer dessus, Monsieur Prokurist ?»

「あなたはまだ私を解雇するつもりですか、プロクリストさん？」

« Comme vous pouvez le constater, je ne suis pas aussi têtue que vous le pensiez. »

「ご覧の通り、私はあなたが思っているほど頑固ではありません。」

« Et vous pouvez constater que j'aime bien travailler, après tout. »

「結局のところ、私は働くのが好きなのが分かると思います。」

« Je peux admettre que voyager pour le travail n'est pas facile. »

「仕事で旅行するのは簡単ではないことは認めます。」

« Mais je peux aussi accepter que cela fasse partie de mon travail. »

「しかし、それが私の仕事の一部であることも受け入れることができます。」

« Chef de projet, où allez-vous ? Retournez-vous au bureau ? »

「店長、どこへ行くんですか？オフィスに戻るんですか？」

« Allez-vous rapporter fidèlement tout ce que vous avez vu ? »

「あなたが見たことをすべて正直に報告しますか？」

«Il arrive parfois qu'on soit dans l'incapacité d'aller travailler.»

「仕事に行けなくなることも時々あります。」

« C'est le moment idéal pour se souvenir des succès passés. »

「過去の功績を思い出すには今が最適な時期です。」

« Une fois la difficulté surmontée, on travaille encore mieux. »

「困難を取り除いた後、人はさらにうまく働きます。」

« Ma diligence et ma concentration vont augmenter. »

「私の勤勉さと集中力は、さらに高まります。」

«Vous savez très bien que je suis redevable envers le patron.»

「私がボスに恩義があることは、あなたもよくご存知でしょう。」

« Mais je suis aussi inquiète pour mes parents et ma sœur. »

「でも、両親と妹のことも心配です。」

« Je suis dans une situation délicate, mais je vais m'en sortir. »

「私は窮地に陥っていますが、何とかしてそこから抜け出します。」

« Ne compliquez pas davantage les choses. »

「これ以上困難にしないでください。」

« En tant que collègues, nous devons aussi nous entraider. »

「私たちも同僚として助け合わなければなりません。」

« Je sais que les employés de bureau n'aiment pas les voyageurs. »

「オフィスワーカーが旅行者を嫌っているのはわかっています。」

«Vous croyez qu'on gagne des fortunes et qu'on mène une vie confortable.»

「私たちは大金を稼いで良い暮らしをしていると思っているのですね。」

« Ils n'ont aucune raison valable de tenir compte de leurs préjugés. »

「彼らには偏見を考慮する本当の理由がない。」

« Mais vous, agent habilité, votre rôle est différent. »

「しかし、権限のある役員であるあなたには別の役割があるのです。」

«Vous avez une meilleure vue d'ensemble que les autres membres du personnel.»

「あなたは他のスタッフよりも全体像を把握していますね。」

« En fait, je pense que vous avez peut-être la meilleure vue d'ensemble. »

「実際、あなたが最も良い概要を把握しているのではないかと思います。」

«Vous avez une meilleure vision d'ensemble que le patron lui-même.»

「あなたは上司自身よりも優れた概要を把握しています。」

« J'admets que c'est le patron qui fait le travail d'entrepreneur. »

「確かに、上司は起業家としての仕事をしていると思います。」

« Mais il est facile de se tromper dans ses jugements. »

「しかし、彼の判断は誤解されやすいのです。」

« Et ces petites erreurs de jugement peuvent nous être préjudiciables. »

「そして、こうした小さな誤判断が私たちに損害を与える可能性があるのです。」

«Vous savez combien il est facile de parler du voyageur.»

「旅行者について話すのがいかに簡単かご存じでしょう。」

« Il n'est pas là pour défendre sa réputation contre les rumeurs. »

「彼は噂から自分の評判を守るためにそこにいるわけではない。」

« Ces accusations peuvent très bien n'être que des coïncidences. »

「これらの非難は単なる偶然である可能性も十分にあります。」

« Nombre de ces plaintes ne reposent même sur aucune vérité. »

「多くの苦情は、何の真実にも基づいていません。」

«Il est absent du bureau pendant presque toute l'année.»

「彼はほぼ一年中オフィスを離れています。」

«Quelles chances a-t-il de défendre sa propre réputation ?»

「彼に自分の名誉を守るチャンスはあるのか？」

«Il n'a même pas connaissance des accusations.»

「彼は告発について聞くことすらできない。」

«Il découvre ce qui a été dit lorsqu'il est trop tard.»

「彼は、何が言われたのかを手遅れになってから知るのです。」

« À ce stade, il est épuisé par le voyage de la journée. »

「その頃には、彼はその日の旅で疲れ切っている。」

« Il devra de toute façon en subir les terribles conséquences. »

「いずれにせよ、彼は恐ろしい結末を経験しなければならな
い。」
« Même s'il n'a aucun moyen de comprendre le problème. »
「彼は問題を理解するすべがないのに。」
« Oh, manager, ne partez pas sans me dire un mot. »
「ああ、店長、私に何も言わずに帰らないでください。」
«Dites-moi au moins que vous êtes d'accord avec moi en
partie.»
「少なくとも部分的には私の意見に同意すると言ってくださ
い。」
Mais le directeur s'était détourné de Gregor bien plus tôt.
しかし、マネージャーはずっと以前にグレゴールから離れて
いました。
Son épaule tressaillit lorsqu'il se retourna vers Gregor.
グレゴールを振り返ると、彼の肩がピクッと動いた。
Et il n'est pas resté immobile une seule fois pendant tout son
discours.
そして彼は演説中、一度も立ち止まりませんでした。
Il se retournait vers Gregor, les lèvres pincées.
彼は唇をすぼめてグレゴールを見つめ返していた。
Il reculait progressivement vers la porte.
彼はドアの方へ徐々に後退していた。
Mais il ne pouvait pas non plus détacher son regard de
Gregor.
しかし彼もグレゴールから目を離すことができなかった。
Il avait l'impression qu'il lui était secrètement interdit de
quitter la pièce.
部屋から出ることは秘密に禁止されているような気がした。
Mais à ce stade, il se trouvait déjà dans le hall d'entrée.
しかし、この段階で彼はすでに玄関ホールにいた。
Et soudain, il fit un mouvement vers la sortie.

そして今、彼は突然出口に向かって動き出した。

Il tendit la main droite vers les escaliers.

彼は右手を階段の方へ伸ばした。

Peut-être qu'une force surnaturelle attendait pour le sauver.

もしかしたら、超自然的な力が彼を救うために待っていたのかもしれない。

Gregor savait qu'il ne pouvait pas le laisser partir comme ça.

グレゴールは、彼をこんな風に去らせるわけにはいかないと分かっていた。

Le manager ne doit pas revenir dans le même état d'esprit qu'avant.

マネージャーは、あの時の気分で帰ってはいけない。

La sécurité de l'emploi de Gregor était fortement menacée.

グレゴールの仕事の安全は非常に危険にさらされていた。

Les parents ne comprenaient pas tout cela.

両親はこれらすべてを完全に理解することはできませんでした。

Au fil des ans, ils s'étaient habitués à sa sécurité d'emploi.

何年もかけて彼らは彼の仕事の安定性に慣れていった。

Et ils étaient convaincus qu'il avait ce poste à vie.

そして彼らは、彼が終身その職に就くだろうと確信するようになった。

Au lieu de cela, ils s'étaient préoccupés d'autres soucis.

その代わりに、彼らは他の心配事で忙しくなっていました。

Mais ces préoccupations leur ont fait perdre toute prévoyance.

しかし、こうした懸念のせいで彼らは先見の明を失ってしまいました。

Gregor, cependant, n'avait pas perdu la clairvoyance de ses parents.

しかしながら、グレゴールは親の先見の明を失っていなかっ
た。
Il a fallu que quelqu'un arrête le représentant autorisé.
誰かが正式な代表者を止めなければなりませんでした。
Il allait devoir le calmer et le convaincre.
彼を落ち着かせ、説得しなければならなかった。
L'avenir de Gregor et de sa famille en dépendait !
グレゴールと彼の家族の将来はそれにかかっていました！
Si seulement sa sœur intelligente avait été là pour l'aider.
賢い妹がここにいて助けてくれたらよかったのに。
**Elle avait déjà pleuré alors que Gregor était encore dans sa
chambre.**
グレゴールがまだ部屋の中にいたとき、彼女はすでに泣いて
いた。
**À ce moment-là, il était simplement allongé tranquillement
sur le dos.**
その時点で彼はただ静かに仰向けに横たわっていました。
**Elle connaissait déjà l'importance de la situation à ce
moment-là.**
彼女はその時すでに事態の重大さを知っていた。
**Le directeur était connu pour avoir un faible pour les
femmes.**
その店長は女性に弱いことで有名だった。
**Elle aurait facilement pu le persuader de rester plus
longtemps.**
彼女は簡単に彼を説得してもっと長く滞在させることができ
たはずだ。
Elle aurait fermé la porte et l'aurait fait rentrer.
彼女はドアを閉めて彼を中に戻したでしょう。
**Mais malheureusement, sa sœur était partie chercher un
médecin.**

しかし残念なことに、妹は医者を呼びに行っていました。

Gregor n'avait donc pas d'autre choix que de le faire lui-même.

したがって、グレゴールは自分でそれを行うしか選択肢がありませんでした。

Il n'avait pas réfléchi à quelles étaient réellement ses capacités.

彼は自分の能力が実際どのようなものなのか考えてみなかった。

Et il avait oublié de se méfier de sa capacité à parler.

そして彼は、自分の話す能力を疑うことを忘れていた。

Mais il a néanmoins quitté la sécurité de sa chambre.

しかし、それにもかかわらず、彼は安全な部屋から出て行きました。

Et il se faufila par l'ouverture de la pièce.

そして彼は部屋の隙間から押し入った。

Le directeur était déjà en train de descendre les escaliers.

店長はすでに階段を下り始めていた。

Mais il s'accrochait à la rambarde à deux mains.

しかし彼は両手で手すりを掴んでいた。

Gregor tomba en se poussant à travers la porte.

グレゴールはドアを押し開けようとした時に転倒した。

Il laissa échapper un petit cri en cherchant un appui.

彼は支えを求めて掴まりながら小さな叫び声を上げた。

Mais au lieu de paniquer, il a ressenti un bien-être physique.

しかし、パニックに陥るどころか、彼は身体的な健康を感じていた。

Pour la première fois ce matin-là, quelque chose semblait juste.

その朝初めて、何かが正しいと感じました。

Il avait désormais toutes les jambes bien ancrées au sol.

彼の両足は今や地面をしっかりと踏ん張っていた。

Il était surpris de constater à quel point il contrôlait bien ses jambes.

彼は自分の足をいかに上手にコントロールできるかに驚いた。

Il était heureux de constater que ses jambes lui obéissaient parfaitement.

彼は自分の足が完全に従うことに気づいて嬉しかった。

En réalité, ses jambes le portaient partout où il le voulait.

実際、彼の足は彼をどこへでも運んでくれた。

Bientôt, tous ses chagrins allaient prendre fin.

やがて彼の悲しみはすべて終わるはずだった。

Mais au même moment, sa propre mère se leva d'un bond.

しかし、まさにその瞬間に彼の母親も飛び上がりました。

Ses bras étaient tendus et ses doigts écartés.

彼女は両腕を伸ばし、指を広げていた。

Et elle s'est écriée : « Au secours ! Au nom de Dieu, que quelqu'un m'aide ! »

そして彼女は叫びました。「助けて、お願いだから誰か助けて！」

Elle inclina la tête ; elle voulait mieux voir Gregor.

彼女は首を傾げた。グレゴールをもっとよく見たかったのだ。

Mais contrairement à sa première action, elle est revenue en courant.

しかし、最初の行動とは逆に、彼女は走って戻りました。

Elle avait oublié que la table était mise derrière elle.

彼女は背後にテーブルがセットされていることを忘れていた。

Tout ce qui était prévu pour le petit-déjeuner était encore sur la table.

朝食の食材はすべてまだテーブルの上に残っていました。

Elle s'assit précipitamment sur la table, comme distraite.

彼女は気を取られたかのように、急いでテーブルに座った。

Et elle n'a pas semblé remarquer le café renversé.

そして彼女はこぼれたコーヒーに気づかなかったようです。

Le café était maintenant en train d'imbiber la moquette.

コーヒーがカーペットに染み込んでしまいました。

« Maman, maman », dit doucement Gregor en levant les yeux vers elle.

「お母さん、お母さん」グレゴールは彼女を見上げながら優しく言った。

Pour le moment, le manager ne lui importait pas.

今のところ、マネージャーは彼にとって重要ではなかった。

Mais il y avait aussi le café qui coulait sur la moquette.

しかし、カーペットの上にコーヒーが垂れていました。

Gregor n'a pas pu s'empêcher de claquer des dents devant le café.

グレゴールはコーヒーを飲むと思わず口をパクパク鳴らした。

La mère se remit à pleurer à cause de son comportement.

母親は息子の態度のせいで再び泣き始めた。

Elle a sauté de la table pour prendre ses distances avec lui.

彼女は彼から距離を置くためにテーブルから飛び降りた。

Et elle s'est réfugiée dans les bras de son père.

そして彼女は安全を求めて父親の腕の中に飛び込んだ。

Mais Gregor n'avait plus de temps à consacrer à ses parents.

しかし、グレゴールには今、両親のために割ける時間がなかった。

L'agent habilité se trouvait déjà dans l'escalier.

権限のある警官はすでに階段にいた。

Il avait le menton appuyé sur la rambarde, pour regarder à l'intérieur de la maison.

彼は家の中を覗くために手すりに顎を乗せていた。

Apparemment, il voulait jeter un dernier coup d'œil au spectacle.

どうやら彼はその光景を最後にもう一度見たかったようだ。

Et Gregor fit un dernier effort pour joindre le directeur.

そしてグレゴールはマネージャーに連絡を取るために最後の努力をしました。

Il courut vers la porte aussi prudemment qu'il le put.

彼はできるだけ安全にドアに向かって走った。

Mais le chef de bureau devait se douter de quelque chose.

しかし、事務長は何かを疑っていたに違いありません。

Parce qu'il a descendu quelques marches et a disparu.

なぜなら彼は数段の階段を飛び降りて姿を消したからだ。

« Hein ! » s'écria Gregor, sa voix résonnant dans la cage d'escalier.

「ハッ！」グレゴールは階段の吹き抜けに響き渡るほど叫んだ。

La fuite du manager sembla également déconcerter son père.

マネージャーの逃亡は父親も困惑させたようだ。

Jusque-là, il était parvenu à garder son calme.

彼はそれまで、なんとか冷静さを保っていた。

Mais malheureusement, lui aussi a perdu le sang-froid qu'il avait eu.

しかし残念なことに、彼もまた以前の平静さを失ってしまいました。

Il aurait dû aider Gregor dans sa quête.

彼がすべきだったのは、グレゴールの追跡を手助けすることだった。

Mais, d'une main, il saisit la canne du directeur.

しかし、彼はマネージャーの杖を片手に掴みました。

Et dans l'autre main, il tenait maintenant un journal.

そしてもう一方の手には新聞を持っていました。

Et il entravait désormais directement Gregor dans sa poursuite.

そして彼は今やグレゴールの追跡を直接妨害した。

Il s'était placé entre Gregor et la rue.

彼はグレゴールと通りの間に身を置いていた。

Il tapa du pied et agita le bâton et le journal.

彼は足を踏み鳴らし、棒と新聞紙を振り回した。

Et il forçait activement Gregor à retourner dans sa chambre.

そして彼はグレゴールを無理やり自分の部屋に戻そうとした
。

Aucune des demandes formulées par Gregor n'a été utile.

グレゴールが試みた要求はどれも役に立たなかった。

Parce qu'aucune de ses demandes n'a été comprise.

なぜなら彼の要求はどれも理解されなかったからだ。

Il tourna la tête vers un angle plus profond et plus humble.

彼は頭をもっと深く、もっと謙虚な角度に向けた。

Mais son père répondit en tapant du pied encore plus fort.

しかし、父親はさらに強く足を踏み鳴らして応えました。

La mère ouvrit une fenêtre, malgré la fraîcheur ambiante.

母親は涼しい天気にもかかわらず窓を開けた。

Et elle enfouit son visage dans ses mains froides.

そして彼女は寒さの中で両手に顔を埋めた。

Le vent pouvait désormais traverser tout l'appartement.

風がアパート全体を通り抜けられるようになりました。

Un fort courant d'air soufflait de l'escalier vers la ruelle.

階段から路地へ強い隙間風が吹いてきた。

Les rideaux claquaient sous l'effet du vent violent.

カーテンは強い風でひらひらと揺れていた。

Et le journal posé sur la table bruissait dans le vent.

そしてテーブルの上の新聞が風に吹かれてカサカサと音を立
てた。

Même des feuilles ont été soufflées à l'intérieur de la maison depuis l'extérieur.

外から家の中に葉っぱが吹き込まれてきたこともありました
。

Le père tapa du pied et poussa sans relâche.

父親は足を踏み鳴らし、容赦なく押し続けた。

Et il sifflait et émettait des bruits comme un homme sauvage.

そして彼は野生の男のようにシューという音を立てて騒ぎ立
てた。

Mais Gregor ne s'était pas encore entraîné à marcher à reculons.

しかし、グレゴールはまだ後ろ向きに歩く練習をしていませ
んでした。

Même Gregor admettrait que ce mouvement était beaucoup plus lent.

グレゴールでさえ、この動きがずっと遅いことを認めるだろ
う。

Tout ce qu'il souhaitait, c'était avoir la possibilité de faire demi-tour.

しかし彼が望んでいたのは、方向転換する機会だけだった。

Il serait alors allé directement dans sa chambre.

そうすれば彼はすぐに自分の部屋へ行ったでしょう。

Mais il avait trop peur d'impatienter son père.

しかし、彼は父親をイライラさせてしまうことを非常に恐れ
ていた。

Et il y avait la menace d'un coup de bâton.

そして棒で殴ると脅されました。

Un tel coup à l'arrière de la tête pourrait être fatal.

後頭部へのそのような打撃は致命的となる可能性がある。

Mais finalement, Gregor n'avait pas d'autre choix.

しかし結局、グレゴールには他に選択肢が残されていなかった。

Il s'est rendu compte qu'il ne pouvait même plus marcher droit à reculons.

彼はまっすぐ後ろ向きに歩くことさえできないことに気づいた。

Il commença à se retourner aussi vite qu'il le put.

彼はできるだけ早く振り返り始めた。

Mais en réalité, ce mouvement de rotation était tout aussi lent.

しかし、実際にはこの回転運動も同様に遅いものでした。

Et il fut suivi des regards anxieux du père.

そして父親の心配そうな視線が彼を追った。

Peut-être le père avait-il remarqué les bonnes intentions de Gregor.

おそらく父親はグレゴールの善意に気づいたのだろう。

Parce qu'il ne l'a pas empêché de se retourner.

振り向くのを邪魔しなかったからだ。

Il a même utilisé le bout de son bâton pour guider la rotation.

彼は回転を誘導するためにスティックの先端さえ使いました。

Mais Gregor aurait préféré que son père ne lui ait pas sifflé dessus !

しかし、グレゴールは、父親が自分に向かってヒス音を立てなければよかったのに、と今でも思っています。

Le sifflement ne fit qu'ajouter à la confusion du moment.

そのシューという音はその場の混乱をさらに増すだけだった
。

Puis il a commis une erreur et a tourné dans la mauvaise direction.
そして彼は間違いを犯し、間違った方向に進んでしまいました
た。

Finalement, il a réussi à se tourner dans la bonne direction.
結局、彼はようやく正しい方向を向くことができた。

Et il était satisfait des progrès qu'il avait accomplis.
そして彼は自分が成し遂げた進歩に満足していました。

Mais un autre problème est alors devenu encore plus évident.
しかし、次の問題がさらに明らかになりました。

Son corps était trop large pour passer facilement la porte.
彼の体は幅が広すぎて、簡単にドアを通り抜けることはでき
なかった。

Dans son état actuel, le père ne s'en est pas aperçu.
父親は現状ではこれに気づかなかった。

Il ne lui vint donc pas à l'esprit d'ouvrir davantage la porte.
それで彼はドアをさらに開けようとは思わなかった。

Il y aurait alors eu suffisamment de place pour Gregor.
そうすればグレゴールのための十分なスペースが確保できた
でしょう。

Sa seule priorité était de faire entrer Gregor dans sa chambre.
彼の唯一の優先事項はグレゴールを自分の部屋に連れて行く
ことだった。

Il aurait dû se lever pour passer la porte.
ドアを通るためには立ち上がらなければならなかっただろう
。

Mais le père n'aurait pas permis une telle manœuvre.

しかし父親はそのような行為を許さなかっただろう。

En fait, il le sifflait encore plus sauvagement qu'avant.

実際、彼は前よりもさらに激しく彼に向かってシューッと鳴いていた。

On aurait dit qu'il y avait plus d'un homme qui lui sifflait dessus.

それは、一人以上の男が彼に向かってシューッと鳴いているように聞こえた。

Ses revendications semblaient revêtir une nouvelle urgence.

彼の要求の背後には新たな緊急性があるように思われた。

Il n'y avait vraiment plus de temps à perdre.

今となっては、もうふざける時間などなかったのだ。

Quoi qu'il arrive, Gregor devait franchir la porte.

何が起ころうとも、グレゴールはドアを通り抜けなければならなかった。

Il s'est imposé sans aucun égard pour lui-même.

彼は自己を顧みることなく突き進んだ。

Un côté de son corps fut projeté vers le haut par le mouvement.

その動きによって彼の体の片側が上方に押し上げられた。

Et il était allongé de travers, maladroitement, dans l'embrasure de la porte.

そして彼は戸口の間で不自然に曲がった姿勢で横たわっていた。

Un de ses flancs était à vif à cause du frottement contre le bois.

彼の脇腹の片方は木に擦り付けられて擦り切れていた。

Et il avait laissé des taches disgracieuses sur la porte peinte en blanc.

そして、白く塗られたドアに醜いシミを残していた。

Les jambes d'un de ses côtés pendaient en tremblant dans le vide.

片方の足は震えながら空中にぶら下がっていた。

Ses autres jambes étaient douloureusement enfoncées dans le sol.

彼のもう一方の足は床に痛々しく押し付けられていた。

Bientôt, il allait se retrouver complètement coincé entre la porte et le mur.

すぐに彼は完全にドアの間に挟まれてしまうだろう。

Et alors, il n'aurait plus pu bouger du tout.

そうすると彼は全く動けなくなるでしょう。

Mais le père lui a donné une forte impulsion véritablement libératrice.

しかし、父親は息子を本当に解放する力強い後押しをしました。

Et il tomba, ensanglanté, loin dans sa chambre.

そして彼はひどく出血しながら部屋の奥深くに倒れ込んだ。

Le père claqua la porte derrière lui avec sa canne.

父親は杖で後ろのドアをバタンと閉めた。

Et puis, enfin, le calme et la tranquillité revinrent.

そして、ようやく再び平穏と静寂が戻ってきました。

<h1 style="text-align:center">Deuxième partie</h1>
パート2

Gregor ne s'est réveillé que bien plus tard dans la journée.

グレゴールはその日のかなり遅い時間まで目覚めなかった。

Le crépuscule était tombé ; il avait dormi profondément, inconsciemment.

夕暮れが訪れ、彼は深い眠りに落ちて、意識を失っていた。

Il se serait réveillé même sans avoir été dérangé.

邪魔されなくても彼は目覚めただろう。

Parce qu'il se sentait suffisamment reposé et avait bien dormi.

なぜなら、彼は十分に休息し、よく眠れたと感じたからです
。

Mais il crut entendre quelques pas furtifs à l'extérieur.

しかし、彼は外で何かの足音が聞こえたような気がした。

Et quelqu'un aurait pu refermer soigneusement la porte d'entrée.

そして誰かが玄関のドアを慎重に閉めたかもしれません。

La lumière du tramway électrique se projetait faiblement au plafond.

天井には電車の明かりが淡く灯っていた。

Le dessus du meuble a également reçu un peu de lumière.

家具の上部にも少し光が当たりました。

Mais en bas, au niveau de Gregor, il faisait sombre.

しかし、グレゴールの目の高さの地面の上は暗かった。

Ses jambes le poussèrent lentement de nouveau vers la porte.

彼は再びゆっくりと足を動かしてドアの方へ進んだ。

Il était très curieux de voir ce qui s'était passé là-bas.

彼はそこで何が起こったのかを非常に興味を持って見ました
。

Mais le contrôle de ses antennes n'était pas encore développé.

しかし、彼の触覚のコントロールはまだ発達していませんで
した。

Bien qu'il ait commencé à apprécier ces nouveaux capteurs.

彼はこれらの新しいセンサーを評価し始めました。

Une longue et disgracieuse cicatrice semblait lui barrer le flanc gauche.

彼の左側には長くて不快な傷跡が走っているようだった。

La cicatrice lui donnait l'impression de contracter ce côté de son corps.

その傷跡が彼の体のその側を締め付けるように感じた。

Il devait donc littéralement boiter en s'appuyant sur ses deux rangées de pattes.

そして彼は文字通り二列の足を引きずって歩かなければなり

ませんでした。

L'une de ses jambes avait été grièvement blessée ce matin-là.

その朝、彼の片足は重傷を負っていた。

C'était vraiment un miracle qu'il ne se soit pas cassé plus de jambes.

本当に、彼がそれ以上足を折らなかったのは奇跡だった。

Et il traîna donc sa jambe blessée, inerte, derrière lui.

そして彼は怪我をした足を力なく引きずりながら後ろに進ん

だ。

Lorsqu'il atteignit la porte, il réalisa quelque chose de profond.

ドアに着いたとき、彼は何か重大なことに気づいた。

C'était l'odeur de quelque chose qui l'avait attiré là.

彼をそこに誘い込んだのは何かの匂いだった。

Quelque chose de comestible avait été laissé pour Gregor dans sa chambre.

グレゴールの部屋には何か食べられるものが残されていた。

Des morceaux de pain blanc flottant dans un bol de lait sucré.

甘いミルクの入ったボウルに白いパンのかけらが浮かんでいます。

Il pouvait à peine contenir la joie qui l'habitait.

彼は心の中の喜びを抑えることができなかった。

Il avait encore plus faim maintenant que le matin.

彼は朝よりもさらにお腹が空いていた。

Il plongea aussitôt la tête dans le bol de lait.

彼はすぐにミルクの入ったボウルに頭を浸しました。

Le lait lui recouvrait presque toute la tête, jusqu'aux yeux.

ミルクは彼の頭のほぼ全体、目まで出てきました。

Mais il a rapidement retiré sa tête, amèrement déçu.

しかし、彼はすぐにひどく失望して頭を後ろに引っ込めた。

L'alimentation était difficile en raison de la fragilité de son côté gauche.

左側が弱っていたため、食事が困難でした。

Et il ne pouvait manger qu'en haletant de tout son corps.

そして、彼は全身を使って息を切らしながらしか食べることができませんでした。

Mais ce n'était pas la véritable raison de sa déception.

しかし、それが彼の失望の本当の理由ではなかった。

Le lait avait toujours été l'un de ses plats préférés.

ミルクは昔から彼のお気に入りの料理の一つでした。

Il ne doutait pas que sa sœur s'en souvenait.

彼は妹がこのことを覚えていたことに疑いはなかった。

Et c'est pour cela qu'elle lui avait donné du lait.

そしてそれが彼女が彼にミルクを与えた理由でした。

Il n'a pas su expliquer pourquoi il n'aimait plus le lait.

彼はなぜ今は牛乳が嫌いなのか説明できなかった。

Et il se détourna du bol presque à contrecœur.

そして彼は、ほとんど気が進まなかったかのようにボウルから背を向けた。

Déçu, il retourna en rampant au milieu de la pièce.

彼はがっかりして、部屋の真ん中まで這って戻った。

De là, il pouvait voir à travers la fente de la porte.

ここで彼はドアの隙間から中を覗くことができた。

Il pouvait voir que le feu était allumé dans le salon.

彼はリビングルームに火が灯っているのが見えた。

Habituellement, à cette heure-ci, le père lisait le journal.

たいていこの時間には父親が新聞を読んでいました。

Il avait toujours l'habitude de lire à sa mère à voix haute.

彼はいつも大きな声で母親に本を読んで聞かせていた。

Parfois, la sœur écoutait aussi les conversations du père.

時々、妹も父親の話を盗み聞きすることもあった。

Elle avait toujours parlé à Gregor de ces lectures à voix haute.

彼女はいつもグレゴールにこの朗読について話していた。

Mais aujourd'hui, aucun son ne provenait de la pièce.

しかし、今日は部屋から音が聞こえませんでした。

Peut-être cette habitude s'était-elle déjà perdue.

おそらくこの習慣はすでに廃れていたのでしょう。

Un silence profond s'était installé dans tout l'appartement.

深い静寂がアパート全体を覆っていた。

Bien qu'il sût que l'appartement n'était certainement pas vide.

彼はそのアパートが決して空ではないことを知っていた。

« Quelle vie tranquille mène cette famille », pensa Gregor.

「この家族は何て静かな暮らしをしているのだろう」とグレ
ゴールは思った。

Et il fixa l'obscurité avec une grande fierté.
そして彼は大きな誇りを持って暗闇を見つめた。

Il était fier de la vie qu'il avait pu leur offrir.
彼は彼らに与えることができた人生を誇りに思っていた。

Il était fier du bel appartement qu'ils occupaient.
彼は彼らが住んでいる美しいアパートを誇りに思っていた。

**Mais cette paix était-elle sur le point de connaître une fin
tragique ?**
しかし、この平和は恐ろしい終わりを迎えようとしていたの
でしょうか？

Allait-on leur ravir leur prospérité ?
彼らの繁栄は奪われるのでしょうか？

Leur bonheur était-il désormais incertain pour l'avenir ?
彼らの満足感は将来不確実だったのでしょうか？

Mais il ne voulait pas se perdre dans de telles pensées.
しかし彼はそんな考えに囚われて自分を見失いたくはなかっ
た。

Pour s'occuper, il grimpait et descendait les murs.
彼は暇つぶしに壁を登ったり下りたりした。

Durant cette longue soirée, une porte était entrouverte.
長い夜の間に、一つのドアが少しだけ開いた。

Et à un autre moment, l'autre porte s'ouvrit légèrement.
そしてまた別の時に、もう一方のドアが少し開きました。

Mais à chaque fois, les portes se sont refermées aussitôt.
しかし、どちらの場合もドアはすぐに再び閉まりました。

De toute évidence, quelqu'un à l'extérieur souhaitait entrer.
明らかに外から誰かが侵入しようとしていた。

Mais ils avaient aussi trop d'inquiétudes à l'idée de venir.

しかし、彼らは入国に関してあまりにも多くの懸念を抱いて
いました。

Gregor s'arrêta alors net devant la porte du salon.

グレゴールはリビングルームのドアの前で立ち止まった。

**Il était déterminé à trouver un moyen de tenter le visiteur
hésitant.**

彼は、ためらっている訪問者を何とか誘惑しようと決心した
。

Il voulait aussi savoir qui était le visiteur.

そしてまた、訪問者が誰であったかも知りたかったのです。

Mais ce soir-là, la porte ne fut pas ouverte une troisième fois.

しかしその夜、ドアは3度目には開けられなかった。

**Et Gregor passa son temps à attendre en vain près de la
porte.**

そしてグレゴールはドアのそばで待っていたが、無駄な時間
を過ごしてしまった。

**Plus tôt dans la journée, ils avaient tous voulu entrer dans la
pièce.**

その日の早い時間に、彼ら全員が部屋に入りたがっていまし
た。

**Maintenant que les portes étaient déverrouillées, ce serait
plus facile pour eux.**

ドアの鍵が開いたので、彼らにとっては楽になっただろう。

Mais ils ont choisi de rester de l'autre côté de la pièce.

しかし彼らは部屋の反対側に留まることを選択しました。

**Gregor remarqua que les clés n'étaient plus dans leurs
serrures.**

グレゴールは鍵がもう鍵穴に差し込まれていないことに気づ
いた。

Quelqu'un a dû déplacer les clés vers la serrure extérieure.

誰かが鍵を外側の鍵穴に移動させたに違いありません。

Ce n'est que tard dans la nuit que la lumière du salon était
éteinte.

夜遅くになって初めてリビングルームの電気が消されました
。

La famille a dû rester éveillée tout ce temps.

家族はずっと起きていたに違いない。

Et Gregor pouvait clairement les entendre s'éloigner sur la
pointe des pieds.

そしてグレゴールは彼らがつま先立ちで立ち去る音をはっき

りと聞き取ることができた。

Désormais, personne n'allait venir voir Gregor avant le
lendemain matin.

今では朝まで誰もグレゴールのところに来ないだろう。

Il eut donc tout le temps d'être seul, de réfléchir en toute
tranquillité.

それで彼は邪魔されずに考える長い時間を一人で持つことが

できた。

Quelle serait la meilleure façon de réorganiser sa vie
maintenant ?

今、彼の人生を立て直す最善の方法は何でしょうか?

Mais les hauts murs de la pièce vide l'effrayaient.

しかし、何もない部屋の高い壁が彼を怖がらせた。

Il n'avait pas d'autre choix que de s'allonger à plat ventre sur
le sol.

彼は地面に横たわるしか選択肢がなかった。

Et il n'a jamais trouvé la cause de sa peur dans cet espace.

そして彼はその空間における恐怖の原因を決して見つけるこ

とはなかった。

C'était la même pièce où il avait vécu pendant cinq ans.

それは彼が5年間住んでいたのと同じ部屋でした。

Semi-consciemment, il fit un mouvement vers le canapé.

彼は半ば無意識にソファの方へ動いた。

Et sans aucune honte, il se cacha sous le canapé.

そして彼は何の恥ずかしさも感じることなくソファの下に隠れました。

Là-bas, il se sentit immédiatement de nouveau très à l'aise.

そこで彼はすぐに再び非常に心地よく感じました。

Bien que son dos soit un peu comprimé.

背中が少し押されていたにもかかわらず。

Il ne pouvait plus non plus lever la tête sous le canapé.

彼はソファーの下で頭を上げることもできなくなっていた。

Mais même cela, il préférait éviter de se trouver dans un espace ouvert.

しかし、彼はどんなオープンエリアにいるよりも、この場所を好んだ。

Il regrettait toutefois que son corps soit si large.

しかし、彼は自分の体が太すぎることを残念に思っていた。

Le canapé ne pouvait pas recouvrir entièrement son corps.

ソファは彼の体全体を完全に覆うことはできなかった。

Il est resté sous le canapé toute la nuit.

彼は一晩中ソファの下にいた。

Il passa la nuit à moitié endormi, troublé par sa faim.

彼は空腹に悩まされ、半分眠ったままの夜を過ごした。

Et le temps qu'il passait éveillé, il le consacrait soit à s'inquiéter, soit à espérer.

そして、目覚めている間、彼は心配したり、希望を持ったりして過ごしました。

Mais tous ses vagues espoirs menaient à la même conclusion.

しかし、彼の漠然とした希望はすべて同じ結論に至った。

Il n'avait d'autre choix que de rester silencieux pour le moment.

今のところ彼には黙っているしか選択肢がなかった。

Il devait faire preuve de patience et de considération envers la famille.

彼はその家族に対して忍耐と配慮を示さなければならなかった。

C'était le seul moyen de rendre ce désagrément supportable.

それが不便を耐えられるものにする唯一の方法だった。

Le désagrément qu'il imposait désormais à la famille.

彼は今、その不便を家族に強いている。

Il n'a pas eu à attendre longtemps pour prouver sa compassion.

彼は自分の同情心を証明するのに長く待つ必要はなかった。

Tôt le matin, sa sœur jeta un coup d'œil dans sa chambre.

朝早く、妹は彼の部屋を覗いた。

En réalité, c'était autant la nuit que le matin.

実際のところ、それは朝であると同時に夜でもありました。

Elle était entièrement habillée et semblait éprouver de l'excitation.

彼女はきちんと服を着ており、興奮しているようでした。

La solidité de sa décision nouvellement prise pourrait être mise à l'épreuve.

彼の新たな決意の強さが試されるかもしれない。

Elle ne l'a pas immédiatement repéré au premier coup d'œil.

彼女は一目見ただけではすぐに彼を見つけることができませんでした。

Il devait forcément être quelque part ; il n'aurait pas pu s'envoler.

彼はどこかにいるはずだった。飛んで行ってしまったはずはない。

Puis son regard parcourut une seconde fois la pièce.

しかし、そのとき、彼女の視線は再び部屋を見渡した。

Et cette fois, elle a aperçu son torse sous le canapé.

そして今度は彼女はソファーの下に彼の胴体を見つけた。

Elle était si effrayée qu'elle a perdu tout contrôle d'elle-même.

彼女はとても怖かったので自制心を完全に失ってしまった。

Et sa première réaction fut de claquer la porte à nouveau.

そして彼女の最初の反応は、再びドアをバタンと閉めることでした。

Mais elle a aussi semblé immédiatement regretter son comportement.

しかし、彼女はすぐに自分の行動を後悔したようでした。

Aussitôt qu'elle eut claqué la porte, elle la rouvrit.

彼女はドアをバタンと閉めるとすぐに、またドアを開けた。

Et cette fois, elle entra dans la pièce sur la pointe des pieds.

そして今度は彼女はそっと爪先立ちで部屋に入っていった。

Elle se déplaçait comme si elle rendait visite à une personne gravement malade.

彼女はまるで重病の患者を見舞っているかのような動きをした。

Ou bien elle rendait visite à un parfait inconnu.

あるいは、彼女はまったく見知らぬ人を訪ねていたのかもしれません。

Gregor poussa sa tête presque jusqu'au bord du canapé.

グレゴールはソファの端のあたりまで頭を押し付けた。

Et, caché sous le coffre-fort, il l'observait dans la pièce.

そして金庫の下から、彼は部屋にいる彼女を監視し続けた。

Allait-elle remarquer qu'il avait oublié le lait ?

彼女は彼がミルクを置いていったことに気づくだろうか？

Il n'avait pas laissé le lait par manque de faim.

彼は空腹がなかったからミルクを飲まなかったわけではない。

Allait-elle lui apporter un autre plat ?

彼女は代わりに別の食べ物を持ってくるつもりだったのでしょうか?

Peut-être un plat qui corresponde mieux à ses goûts.

おそらく彼の好みにもっと合った料理でしょう。

Mais elle aurait dû remarquer elle-même son appétit.

しかし、彼女自身が彼の食欲に気付かなければならなかっただろう。

Il aurait préféré mourir de faim plutôt que de lui en parler.

彼は彼女にそれを知らせるくらいならむしろ飢え死にしたいと思った。

En réalité, il aurait beaucoup aimé le lui dire.

実際、彼は彼女にそれを伝えたかったのです。

Il était vraiment tenté de tirer sur lui depuis sous le canapé.

彼は本当にソファの下から飛び出したい衝動に駆られました。

Il avait envie de se jeter aux pieds de sa sœur.

彼は妹の足元にひれ伏したかった。

Et il voulait lui demander quelque chose de bon à manger.

そして彼は彼女に何かおいしいものを食べたいと頼みたかったのです。

Mais la sœur regarda alors le bol de lait.

しかしそのとき、妹はミルクの入ったボウルのほうに目を向けました。

Elle remarqua aussitôt que le bol était encore plein.

彼女はすぐにボウルがまだいっぱいであることに気づきました。

Elle était plutôt surprise que Gregor n'ait rien mangé.

彼女はグレゴールが何も食べていなかったことにかなり驚いた。

Seul un peu de lait avait été renversé sur le sol.

床に少しだけミルクがこぼれていました。

Elle a aussitôt ramassé le bol et l'a emporté.

彼女はすぐにボウルを拾い上げて、持ち去りました。

Il vit qu'elle ne ramassait pas le bol à mains nues.

彼は彼女が素手でボウルを拾わなかったことに気づいた。

Au lieu de cela, elle ramassa le bol à l'aide d'un des chiffons.

代わりに彼女はぼろ布の1枚を使ってボウルを拾い上げました。

Mais Gregor oublia très vite ce petit détail.

しかし、グレゴールはこの些細なことをすぐに忘れてしまいました。

Il était désormais beaucoup plus enthousiaste à propos d'autre chose.

彼は今、別のことにとても興奮していた。

Qu'est-ce qu'elle pourrait apporter à la place du lait ?

彼女はミルクの代わりに何を持ってくるのでしょうか？

Il avait diverses idées sur ce qu'elle pourrait apporter.

彼女が何をもたらすかについて彼はいろいろ考えていた。

Mais la gentillesse de sa sœur a dépassé ses espérances.

しかし、妹の優しさは彼の予想を上回るものでした。

Elle comprit qu'elle devait tester ses nouveaux goûts.

彼女は彼の新しい嗜好が何であるかを試さなければならないことに気づいた。

Elle a donc apporté toute une sélection de plats différents.

それで彼女はいろいろな種類の食べ物を持ってきました。

Légumes à moitié pourris, os du repas du soir.

半分腐った野菜、夕食の骨。

De la sauce solidifiée provenant de leur autre repas.

以前食べた食事のソースが固まっていました。

Quelques raisins secs, des amandes, du pain sec, du pain beurré.

レーズン少々、アーモンド少々、乾いたパン、バターパン。

Du pain beurré et salé.

バターを塗って塩も振ったパン。

Du fromage que Gregor avait déclaré immangeable il y a deux jours.

グレゴールが2日前に食べられないと宣言したチーズ。

Toute cette sélection de nourriture était disposée sur un journal.

この厳選された食べ物はすべて新聞に掲載されました。

Elle a également placé un bol d'eau à côté de ses repas.

そして彼女は彼の食事の横に水を入れたボウルも置きました。

Elle savait que Gregor n'aurait pas mangé devant elle.

彼女はグレゴールが自分の前で食事をするはずがないことを知っていた。

Par respect pour lui, elle quitta de nouveau la pièce.

それで、彼に対する敬意から、彼女は再び部屋を出て行きました。

Et elle a même tourné la clé dans la serrure en partant.

そして彼女は出て行くときに鍵を回したのです。

Mais elle tourna la clé très doucement et avec précaution.

しかし彼女はとても静かに、そして慎重に鍵を回しました。

De cette façon, seul Gregor saurait que la porte était verrouillée.

こうすれば、ドアがロックされていることを知るのはグレゴールだけになります。

Il pouvait désormais s'installer aussi confortablement qu'il le souhaitait.

今、彼は自分の望むだけ快適に過ごすことができました。

**Les jambes de Gregor s'agitaient frénétiquement à l'heure
du repas.**

食事の時間になると、グレゴールの足はうなり声をあげた。

Il est à noter qu'il ne ressentait plus aucune gêne.

注目すべきは、彼がもはや何の不快感も感じていないという
ことだ。

Ses blessures doivent déjà être complètement guéries.

彼の傷はすでに完全に癒えているに違いない。

Parce qu'il ne ressentait plus ses anciens handicaps.

以前の障害をもう感じなくなったからです。

Sa nouvelle capacité de guérison le surprit et l'émerveilla.

彼の新たな治癒能力は彼を驚かせ感動させた。

Il y a plus d'un mois, il s'est coupé le doigt avec un couteau.

一ヶ月以上前、彼はナイフで指を切った。

Il y a encore deux jours, cette blessure le faisait souffrir.

二日前までその傷はまだ痛んでいた。

« Suis-je beaucoup moins sensible maintenant ? » pensa-t-il.

「僕は以前より鈍感になったのだろうか？」と彼は心の中で
思った。

À ce moment-là, il suçait déjà goulûment le fromage.

この時までに、彼はすでに貪欲にチーズを舐めていた。

Il était plus attiré par le fromage que par les autres aliments.

彼は他の食べ物よりもチーズに惹かれた。

**Il mangeait rapidement un morceau de fromage après
l'autre.**

彼はチーズを次々と素早く食べた。

Ses yeux s'embuèrent de satisfaction à la vue de ce goût.

その味に満足して彼は涙を浮かべた。

Après le fromage, il mangea les légumes et la sauce.

チーズを食べた後、野菜とソースを食べました。

Cependant, les aliments frais ne lui plaisaient pas.

しかしながら、その新鮮な食べ物は彼にとって美味しくなか
った。

En fait, il ne supportait même pas l'odeur des aliments frais.

実際、彼は新鮮な食べ物の匂いさえ我慢できなかった。

Il a même éloigné les autres aliments des aliments frais.

彼は新鮮な食べ物から他の食べ物を引き離しさえしました。

Et il a très vite terminé la nourriture la plus comestible.

そして、彼は食べられる食べ物をあっという間に食べ終えま
した。

Tous ces mets délicieux avaient un effet soporifique sur lui.

おいしい食べ物はすべて彼に催眠効果をもたらした。

Et il s'allongea paresseusement à l'endroit où il avait mangé.

そして彼は食事をした場所に怠惰に横たわった。

Finalement, sa sœur est revenue prendre de ses nouvelles.

結局、妹が再び彼の様子を見に来ました。

Elle a eu la prévoyance de tourner la clé très lentement.

彼女は先見の明を持って、鍵をゆっくりと回した。

Cela a averti Gregor qu'il devait se retirer.

これによりグレゴールは撤退すべきだという警告を受けた。

Étourdi et surpris, il se précipita sous le canapé.

彼はびっくりしてぼうっとしながら、急いでソファーの下に
逃げ込んだ。

Mais rester sous le canapé n'était pas si facile cette fois-ci.

しかし、今回はソファの下に留まるのはそれほど簡単ではあ
りませんでした。

**Son corps s'était un peu arrondi à cause de toute cette
nourriture.**

食べ過ぎで彼の体はちょっと丸くなっていた。

Et il devait se retenir pour ne pas s'épuiser à nouveau.

そして彼は、再び逃げ出さないように自分を抑えなければなりませんでした。

Même si la sœur n'est pas restée longtemps dans la chambre.
妹は部屋に長く留まらなかったにもかかわらず。

Il avait du mal à respirer dans cet espace étroit.
彼はその狭い空間の下で呼吸するのに苦労していました。

Mais il a surmonté ces petites crises d'étouffement.
しかし彼は、ちょっとした息苦しさを乗り越えた。

Les yeux exorbités, il observait les agissements de sa sœur.
彼は目を丸くして妹の行動を観察した。

La sœur, sans se douter de rien, a tout versé dans un seau.
何も知らない妹は、すべてをバケツに注ぎました。

Elle s'est non seulement débarrassée de la nourriture que Gregor n'avait pas mangée, mais elle l'a fait.
彼女はグレゴールが食べなかった食べ物を処分しただけではなかった。

Mais elle jetait aussi la nourriture qu'il n'avait pas touchée.
しかし彼女は、彼が触れなかった食べ物も処分してしまった。

Apparemment, cet aliment n'était plus comestible pour personne.
どうやらその食べ物はもう誰にも食べられなくなってしまったようです。

Elle referma ensuite le seau à nourriture avec un couvercle en bois.
それから彼女は餌の入ったバケツを木の蓋で閉じました。

Et avec la nourriture, le seau et la serpillière, elle est partie.
そして彼女は食べ物とバケツとモップを持って立ち去りました。

Gregor n'aurait pas pu attendre beaucoup plus longtemps.

グレゴールはもうこれ以上待つことはできなかっただろう。

Dès qu'elle fut partie, il s'échappa de sous le canapé.

彼女が去るとすぐに彼はソファーの下から逃げ出した。

Il s'étira et souffla de soulagement.

そして彼は体を伸ばして、安堵のため息をついた。

C'est ainsi que Gregor recevait de la nourriture de temps à autre.

これから先もグレゴールはこうして時々食べ物を受け取ることになる。

Sa sœur lui a donné à manger une fois, tôt le matin.

彼の妹は一度、朝早くに彼に食べ物を与えた。

À cette heure-ci, les parents et la bonne dormaient encore.

この時間、両親とメイドはまだ眠っていました。

Et il a reçu un deuxième repas après le déjeuner de tout le monde.

そして、全員が昼食をとった後、彼は二度目の食事を受け取りました。

Car à ce moment-là, les parents dormaient aussi un peu.

なぜなら、その時間には両親もしばらく寝ていたからです。

Et la servante fut envoyée par la sœur faire une course.

そしてメイドさんは姉さんから何かの用事で出かけさせられました。

Ils n'avaient certainement aucune intention de laisser Gregor mourir de faim.

彼らはグレゴールを飢えさせるつもりなどなかったのだ。

Mais ils n'auraient pas voulu le regarder manger non plus.

しかし、彼らも彼が食べるのを見たくはなかったでしょう。

Les informations fournies par la sœur étaient suffisantes.

姉が言ったことは十分な情報でした。

C'était peut-être sa façon d'épargner aux parents leur chagrin.

おそらくそれが、両親を悲しませない彼女のやり方だったの
でしょう。

Ils avaient déjà suffisamment souffert de ses actes.
彼らはすでに彼の行為によって十分に苦しんでいた。

Le premier jour s'estompait peu à peu dans les mémoires.
最初の日は徐々に遠い思い出になりつつありました。

**Gregor n'avait aucun moyen de savoir ce qui s'était passé ce
jour-là.**
グレゴールはその日に何が起こったのか知る由もなかった。

**Comment le serrurier a-t-il été conduit hors de l'appartement
?**
鍵屋はどうやってアパートの外に案内されたのですか？

Quelles excuses ont finalement satisfait le médecin ?
医者は最終的にどんな言い訳で満足したのでしょうか？

Il n'avait trouvé aucun moyen de se faire comprendre.
彼は自分の意見を理解してもらう方法を全く見つけられなか
った。

Il n'a même pas réussi à communiquer avec sa sœur.
彼は妹とコミュニケーションを取ることさえできなかった。

Ils en conclurent donc qu'il ne pouvait pas les comprendre.
それで彼らは、彼には自分たちの言っていることが理解でき
ないのだと考えました。

C'est pourquoi aucun effort ne fut fait pour lui parler.
そのため、彼と話をする努力は行われなかった。

Sa sœur venait dans sa chambre tous les matins et à midi.
彼の妹は毎朝と昼食に彼の部屋に来ました。

Mais il devait se contenter d'entendre ses soupirs.
しかし彼は彼女のため息を聞くだけで満足しなければならな
かった。

Plus tard, elle s'est un peu plus habituée à la forme de Gregor.

その後、彼女はグレゴールの姿に少し慣れてきました。

Et elle se sentait un peu plus libre de faire davantage de remarques.

そして彼女は、より多くの発言をする自由が少し増えたと感じました。

(Même si elle ne s'y habituerait jamais complètement.)

（彼女は決して彼に完全に慣れることはなかったが。）

Et puis Gregor eut de nouveau l'impression qu'on lui parlait un peu plus.

そして、グレゴールはまた少しだけ話しかけられているように感じた。

Et il a perçu ce qu'il considérait comme des commentaires amicaux.

そして彼は、友好的なコメントだと認識したものを聞きました。

"Il a apprécié son repas aujourd'hui", ou "il a tout mangé".

「彼は今日食事を楽しんでいました」または「彼はすべて食べました。」

Mais cela n'arrivait que lorsqu'il avait fini de manger.

しかし、それは彼が食べ物を全部食べた後のことでした。

Mais récemment, cela devenait de plus en plus rare.

しかし、最近ではこれがますます稀になってきました。

« Il touchait à peine à sa nourriture », disait-elle plus souvent maintenant.

「彼はほとんど食事に手をつけなかった」と彼女は今ではよく言うようになった。

Et il y avait une pointe de tristesse dans sa voix à chaque fois.

そして、彼女の声には毎回、少しの悲しみが込められていました。

Gregor ne pouvait entendre aucune autre nouvelle plus directement.

グレゴールはこれ以上直接的にニュースを聞くことはできなかった。

Mais il a entendu beaucoup de choses se dire dans les pièces voisines.

しかし、彼は隣の部屋からたくさんのニュースを耳にしました。

Lorsqu'il a entendu des voix, il a couru vers la porte correspondante.

彼は声を聞くと、対応するドアまで走って行きました。

Et il a plaqué tout son corps contre la porte pour entendre.

そして彼は聞くために全身をドアに押し付けた。

Toutes les conversations le concernaient d'une manière ou d'une autre.

すべての会話は何らかの形で彼に関わるものだった。

Même lorsque le sujet semblait porter sur autre chose.

話題が何か別のことに関するものであるように思えたとしても。

Cette observation était particulièrement vraie au début.

この観察は初期の頃には特に当てはまりました。

À chaque repas, ils répétaient la même discussion.

食事のたびに彼らは同じ議論を繰り返した。

Ils ne savaient toujours pas comment se comporter en sa présence.

彼らはまだ彼の周りでどのように振る舞うべきか確信が持てなかった。

Mais le même sujet a également été abordé entre les repas.

しかし、食事の合間にも同じ話題が話し合われました。

Parce qu'il y avait toujours deux membres de la famille à la maison.

なぜなら家にはいつも家族が二人いたからです。

Personne ne voulait rester seul à la maison.

誰も一人で家の中に居たくなかった。

Mais laisser l'appartement vide était également hors de question.

しかし、アパートを空のままにしておくことも考えられませんでした。

La femme de ménage était la seule à ne pas être attachée à l'appartement.

メイドだけがアパートに縛られていなかった。

Elle avait déjà demandé à partir dès le premier jour.

彼女はすでに初日に退去を申し出ていた。

Elle s'est agenouillée et a supplié qu'on la renvoie.

彼女はひざまずいて解雇を懇願した。

La famille ignorait l'étendue des connaissances de la bonne.

家族はメイドが実際にどれだけのことを知っているのか知らなかった。

À ce stade, elle n'en avait pas vu plus que quiconque.

その段階では、彼女は他の誰よりも多くのことを見ていたわけではない。

Ce qui s'était passé restait un mystère pour la famille.

何が起こったのかは、家族にとって依然として謎のままだった。

Mais un quart d'heure plus tard, elle fit ses adieux.

しかし15分後、彼女は別れを告げた。

Et elle a remercié la famille, les larmes aux yeux.

そして彼女は目に涙を浮かべながら家族に感謝の意を表した。

Mais en réalité, elle les remerciait de l'avoir libérée.

しかし、彼女は本当に、自分を解放してくれたことに感謝していた。

Ils semblaient lui avoir témoigné la plus grande bienveillance.

彼らは彼女に最大限の親切を示したようだった。

Elle a même prêté serment, sans qu'on le lui demande.

彼女は頼まれもしないのに誓いを立てた。

Elle a dit qu'elle ne dirait à personne ce qui s'était passé.

彼女は何が起こったのかを誰にも話さないと言った。

Désormais, la sœur devait cuisiner avec sa mère.

今では妹は母親と一緒に料理をしなければならなくなりました。

Mais ce n'était pas vraiment un inconvénient majeur.

しかし、これはそれほど不便ではありませんでした。

Parce que de toute façon, ils n'avaient presque rien mangé tous les deux.

だって二人ともほとんど何も食べなかったから。

Gregor surprenait sans cesse la même conversation.

グレゴールは何度も同じ会話を耳にした。

L'un disait à l'autre qu'il devait manger davantage.

一人がもう一人に、もっと食べなくてはいけないと言っていました。

Mais cette personne n'a reçu aucune réponse de son interlocuteur.

しかし、その人はその人から何の返事も受け取りませんでした。

« Merci, j'en ai assez », ou quelque chose de similaire.

「ありがとう、もう十分だよ」とか、似たような感じ。

Peut-être qu'eux non plus ne buvaient plus rien.

彼らももう何も飲んでいないのかもしれない。

Sa sœur demandait souvent à son père s'il voulait de la bière.

妹はよく父親にビールが欲しいかどうか尋ねた。

Et elle a proposé chaleureusement d'aller chercher la bière elle-même.

そして彼女は、ビールを自分で取りに行くと温かく申し出てくれました。

Le père gardait toujours le silence à sa demande.

父親は彼女の要求に対していつも沈黙を守った。

La sœur devait donc trouver un moyen de dissiper tout doute.

それで、姉は疑いを払拭する方法を見つけなければなりませんでした。

Et elle a dit qu'elle enverrait la bonne chercher de la bière.

そしてメイドにビールを買いに行かせると言いました。

Mais finalement, le père a dit un grand « non » retentissant.

しかし、父親はついに大きな声で「だめだ」と言いました。

Puis, on n'a plus évoqué le fait qu'il boive une bière.

それから、彼がビールを飲んでいるという話題は出なくなりました。

Il avait déjà expliqué la situation financière auparavant.

彼は以前にすでに財政状況について説明していた。

En fait, il a évoqué les finances dès le premier jour.

実際、彼は初日に財政について言及しました。

Il leur a bien fait comprendre quelles étaient les perspectives.

彼は彼らに将来の見通しがどのようなものかを十分理解させた。

Sa propre entreprise avait fait faillite il y a environ cinq ans.

彼自身の事業は約5年前に倒産した。

De temps en temps, il se levait pour quitter la table.

彼は時々立ち上がってテーブルを離れた。

Et il se dirigea vers la caisse de son ancien commerce.

そして彼は以前勤めていた会社のレジへ向かいました。

Il avait conservé la caisse enregistreuse par sentimentalisme.

彼は感傷からそのレジを取っておいた。

Gregor l'entendit déverrouiller une serrure lourde et complexe.

グレゴールは彼が重くて複雑な錠を開ける音を聞いた。

Et il sortit des reçus et des livres de comptes de la caisse.

そして金庫から領収書や本を取り出しました。

Après avoir pris les objets, il a refermé la caisse à clé.

彼は品物を持ち去った後、再び金庫に鍵をかけた。

Gregor n'avait entendu aucune bonne nouvelle depuis son emprisonnement.

グレゴールは投獄されて以来、良い知らせを聞いていなかった。

Il pensait que l'entreprise avait ruiné son père.

彼はその事業のせいで父親が破産したと思った。

Le père avait certainement donné cette impression à Gregor.

父親は確かにグレゴールにそのような印象を与えた。

Et Gregor ne lui a plus jamais posé de questions sur les finances.

そしてグレゴールは彼に財政についてそれ以上尋ねることはなかった。

Gregor voulait faire tout son possible pour aider la famille.

グレゴールは家族を助けるためにできる限りのことをしたいと考えていた。

Il voulait les aider à oublier leurs difficultés financières.

彼は彼らがビジネス上の不幸を忘れられるよう手助けしたいと考えていた。

La faillite qui a engendré un désespoir total.

完全な絶望をもたらした破産。

Il s'est donc mis à travailler avec une passion toute particulière.

そこで彼は特別な情熱を持って働き始めました。

Il était devenu représentant de commerce itinérant presque du jour au lendemain.

彼はほぼ一夜にして巡回セールスマンになった。

Avant cela, il n'avait travaillé que comme commis mal payé.

それまで彼は低賃金の事務員として働いていた。

Il avait désormais des opportunités de gains complètement différentes.

今、彼には全く異なる収入機会が与えられました。

Les ventes réussies pouvaient être immédiatement converties en liquidités.

販売が成功すれば、すぐに現金化できます。

L'argent étant bien sûr versé sur ses commissions.

もちろん、その現金は彼の手数料から支払われます。

Désormais, Gregor pouvait mettre de l'argent sur la table familiale.

今やグレゴールは家族の食卓にお金を置くことができるようになった。

Et ils étaient étonnés et ravis de ses gains.

そして彼らは彼の収入に驚き、喜びました。

Mais ces beaux moments ne se reproduiront plus.

しかし、あの美しい時間は二度と繰り返されることはないだろう。

Ils commençaient tout juste à s'habituer à cette période faste.

彼らはこの楽しい時間にようやく慣れてきたところだった。

À chaque paie, la famille acceptait l'argent avec gratitude.

給料日になると、家族は感謝してお金を受け取りました。

Et Gregor était tout aussi heureux de remettre l'argent.

そしてグレゴールも同様に喜んでお金を渡した。

Mais la chaleureuse affection qu'elle suscitait en retour s'est peu à peu éteinte.

しかし、その返礼として与えられた温かい愛情は徐々に消えていった。

Seule sa sœur restait aussi proche de Gregor qu'auparavant.

グレゴールと以前と同じように親しかったのは妹だけだった。

Elle, contrairement à Gregor, avait une profonde appréciation pour la musique.

彼女はグレゴールと違って、音楽に対して深い愛着を持っていた。

Et elle savait jouer du violon d'une manière très touchante.

そして彼女はバイオリンをとても感動的に演奏することができました。

Gregor avait secrètement prévu de l'envoyer dans une école de musique.

グレゴールは密かに彼女を音楽学校に送る計画を立てていた。

Il n'avait pas encore décidé comment il réglerait les dépenses.

彼はまだ費用をどうやって支払うか決めていなかった。

Mais d'une manière ou d'une autre, il couvrirait les frais.

しかし、彼は何らかの方法でその費用を負担するつもりだ。

De temps en temps, Gregor et sa famille partaient en courts séjours.

時々、グレゴールと家族は短い旅行に出かけました。

Gregor et sa sœur abordaient souvent ce sujet.

グレゴールと妹はよくその話題を持ち出した。

Mais cela n'a jamais été évoqué que comme une idée merveilleuse.

しかし、それは素晴らしいアイデアとしてしか言及されてい
ませんでした。

Ils ne croyaient pas vraiment que ce rêve puisse se réaliser.

彼らはその夢が実現できるとは本当に信じていなかった。

**Et les parents n'appréciaient pas de telles ambitions
fantaisistes.**

そして両親はそのような空想的な野望を好まなかった。

**Même lorsque le sujet a été abordé de manière tout à fait
innocente.**

たとえその話題が非常に無邪気に持ち出されたとしても。

Mais Gregor continuait de penser à l'école de musique.

しかしグレゴールは音楽学校のことを考え続けました。

Et il prévoyait d'annoncer le cadeau la veille de Noël.

そして彼はクリスマスイブにプレゼントを発表するつもりで
した。

Bien sûr, dans son état actuel, ce serait impossible.

もちろん彼の現在の状態ではそれは不可能だろう。

Mais ce genre de pensées lui traversait l'esprit.

しかし、そんな考えが彼の頭の中をよぎった。

**Et telles étaient les pensées qui lui traversaient l'esprit en
écoutant sa famille.**

そして、彼は家族の話を聞きながら、そんなことを考えまし
た。

Parfois, il était trop fatigué pour continuer à les écouter.

時々、彼は疲れすぎて聞き続けることができなくなった。

Sa tête s'est affaissée contre la porte, rongée par la fatigue.

彼は疲れのせいで頭をドアに打ち付けた。

Mais il appuya aussitôt de nouveau sa tête contre la porte.

しかし彼はすぐにまたドアに頭を押し付けた。

Car même le moindre bruit s'entendait à l'extérieur.

なぜなら、ほんのわずかな音でも外から聞こえてくるからです。

Et le moindre bruit qu'il faisait plongeait la famille dans le silence.

そして彼が何か音を立てると、家族は静まり返ってしまう。

« Que fait-il maintenant ? » demanda le père à sa famille.

「彼は今何をしているのですか？」父親は家族に尋ねた。

Il alla à la porte pour vérifier d'où venait le bruit.

そして彼は何の音なのか確かめるためにドアのところへ行きました。

Puis la conversation interrompue a repris progressivement.

そして、中断されていた会話は徐々に再開された。

Mais les paroles du père ont agréablement surpris tout le monde.

しかし、父親が言ったことは皆を大いに驚かせた。

Gregor apprit alors la véritable situation financière.

グレゴールは今や財政の本当の状況を知った。

Malgré tous ces malheurs, il y a eu aussi un peu de chance.

あらゆる不幸にもかかわらず、幸運もありました。

Une petite fortune d'antan était encore là.

昔のほんの少しの財産がまだそこに残っていました。

Le père a expliqué les choses, mais a dû se répéter.

父親は説明をしましたが、同じことを繰り返さなければなりませんでした。

Parce qu'il ne s'était pas occupé de ces choses depuis un certain temps.

なぜなら、彼はしばらくの間、これらの事柄に取り組んでいなかったからです。

Et parce que la mère ne comprenait pas de telles choses.

そして母親はそのようなことを理解していなかったからです
。

Les taux d'intérêt de la banque avaient légèrement augmenté.

銀行の金利が少し上がった。

L'argent non utilisé avait augmenté plus que prévu.

手つかずのお金が予想以上に増えた。

De plus, Gregor leur avait toujours donné ses économies.

さらに、グレゴールはいつも彼らに貯金を与えていた。

Il n'avait jamais gardé que quelques florins pour lui-même.

彼は自分のためにほんの数ギルダーだけ残していた。

Et son argent n'avait pas été entièrement dépensé.

そして彼のお金もまだ完全には使い果たされていなかった。

Ensemble, ces sommes avaient constitué un petit capital.

このお金が集まって小さな資本になりました。

Gregor, derrière sa porte, hocha la tête avec enthousiasme à la nouvelle.

グレゴールはドアの後ろにいて、その知らせに熱心にうなず
いた。

Il était ravi de cette prudence et de cette frugalité inattendues.

彼はこの予想外の慎重さと倹約に喜んだ。

Les fonds excédentaires auraient pu servir à rembourser la dette.

余剰資金は債務の返済に充てられたはずだ。

Ils n'auraient alors plus rien dû au patron.

そうすれば、彼らはもはや上司に対して何も借りがなくなる
でしょう。

Et Gregor aurait pu changer d'emploi bien plus tôt.

そしてグレゴールはもっと早く新しい仕事に移ることができ
たはずだ。

Mais la façon dont le père s'y était pris était bien meilleure maintenant.

しかし、父親のやり方は今ではずっと良くなっていました。

L'argent ne suffisait pas tout à fait pour vivre des intérêts.

そのお金は利子だけで生活するには十分ではありませんでした。

Et il a fallu mettre de l'argent de côté pour les urgences.

そして、緊急事態に備えていくらかのお金を取っておく必要がありました。

Cela n'aurait suffi que pour un an ou deux.

それは1、2年分だけのお金だったでしょう。

Cela signifiait que quelqu'un devait gagner de l'argent pour qu'ils puissent vivre.

つまり、彼らが生活していくためには誰かがお金を稼がなければならないということです。

Le père n'était pas malade et il était assez fort.

父親は健康に問題がなく、十分に強かった。

Mais il était sans emploi depuis plus de cinq ans.

しかし、彼は5年以上も失業していた。

Et, du fait de son âge, il lui restait peu de confiance en lui.

そして、年齢のせいで、彼にはほとんど自信が残っていませんでした。

Il avait également pris beaucoup de poids ces derniers temps.

彼は最近体重もかなり増えていた。

Sa vie avait toujours été ardue et infructueuse.

彼の人生は常に困難と失敗に満ちていた。

Et c'étaient les premières vacances qu'il ait jamais prises.

そして、これが彼にとって生まれて初めての休日だった。

Et, faute d'être occupé, il était devenu assez maladroit.

そして、忙しくしていなかったため、彼はすっかり不器用に
なってしまった。

**Ne serait-il pas préférable que la vieille mère gagne l'argent
?**

年老いた母親がそのお金を稼いだほうが良いでしょうか？

La vieille mère qui souffrait d'asthme.

喘息を患っていた年老いた母親。

La vieille mère qui peinait à monter les escaliers.

階段を上るのに苦労する老いた母親。

La vieille mère qui passait son temps allongée sur le canapé.

ソファーに横になって時間を過ごしていた年老いた母親。

La vieille mère qui préférait rester près de la fenêtre.

窓のそばにいることを好んだ年老いた母親。

**Pour qu'elle puisse reprendre son souffle quand elle en
aurait besoin.**

必要なときに息を整えることができるように。

**Ne serait-il pas préférable que ce soit la jeune sœur qui
gagne l'argent ?**

妹がそのお金を稼いだ方が良いでしょうか？

La sœur, qui à dix-sept ans n'était encore qu'une enfant.

妹は17歳で、まだ子供でした。

La sœur qui ne connaissait que quelques modestes plaisirs.

ほんの少しのささやかな楽しみしか持たない妹。

La sœur qui aimait surtout jouer du violon.

主にバイオリン演奏を楽しんでいた妹。

Elle savait que son mode de vie antérieur était très enviable ;

彼女は、自分の以前の生き方がとてもうらやましいものだと
知っていました。

Bien s'habiller, faire la grasse matinée, aider à la maison.

きちんとした服装をし、遅く起き、家事を手伝います。

La conversation tournait souvent autour de la nécessité de gagner de l'argent.

会話はしばしばお金を稼ぐ必要性に移りました。

Gregor était toujours le premier à lâcher la porte.

グレゴールはいつも最初にドアから手を離した。

Cette conversation l'avait rempli de honte et de chagrin.

その会話で彼は恥ずかしさと悲しみで胸が熱くなった。

Il se laissa donc tomber sur le canapé en cuir qui refroidissait.

そこで彼は涼しい革張りのソファに身を投げ出した。

Et il passait souvent le reste de la nuit sur le canapé.

そして彼はよく残りの夜をソファで過ごしました。

Il ne dormait jamais vraiment sur le canapé, ni la nuit.

彼は夜もソファで寝ることはほとんどなかった。

Souvent, il se contentait de gratter le cuir pendant des heures.

彼はしばしば何時間も革をひっかき続けました。

D'autres fois, il poussait le fauteuil jusqu'à la fenêtre.

またある時は彼は肘掛け椅子を窓のほうに押しやった。

Cela a nécessité à lui seul beaucoup d'efforts de sa part.

これだけでも彼は多大な努力を必要としました。

Le fauteuil l'a aidé à ramper jusqu'au rebord de la fenêtre.

肘掛け椅子のおかげで彼は窓枠の上に這うことができた。

Et de là, il put s'appuyer contre la fenêtre.

そしてそこから彼は窓に寄りかかることができた。

Il éprouvait un grand sentiment de liberté en faisant cela.

彼はこうすることで大きな自由を感じていた。

Peut-être recherchait-il une sensation de liberté d'antan.

たぶん彼は昔の解放感を求めていたのでしょう。

Mais sa vue n'était plus aussi perçante qu'avant.

しかし、彼の視力は以前ほど鮮明ではなくなりました。

Les objets situés à une certaine distance étaient flous et indistincts.

少し離れたところにあるものはぼやけて見えませんでした。

Il ne pouvait plus voir l'hôpital de l'autre côté de la rue.

彼はもう道の向こうの病院を見ることはできなかった。

Avant, il maudissait le paysage, maintenant il voulait le voir.

以前はその景色を呪っていたが、今はそれを見たいと思った。

Il savait qu'il habitait dans la paisible Charlottenstrasse, en pleine ville.

彼は自分が静かで都会的なシャルロッテン通りに住んでいることを知っていた。

Mais il a peut-être cru qu'il regardait vers le désert.

しかし、彼は砂漠を眺めていると思ったかもしれない。

Un désert où le ciel gris et la terre grise se confondaient.

灰色の空と灰色の大地が溶け合った荒れ地。

La sœur attentive remarqua à deux reprises que la chaise avait bougé.

注意深い姉妹は椅子が動いたことに二度気づいた。

Après avoir rangé, elle a repoussé la chaise vers la fenêtre.

片付けが終わると、彼女は椅子を窓のほうに押し戻した。

Et désormais, elle laissait même la fenêtre ouverte.

そして、彼女はこれから先、窓のサッシも開けたままにするようになった。

Gregor aurait vraiment souhaité pouvoir parler à sa sœur.

グレゴールは妹と話ができたらよかったと心から願った。

Il voulait la remercier pour tout ce qu'elle avait fait pour lui.

彼は彼女がしてくれたことすべてに感謝したかった。

Il aurait alors plus facilement toléré leurs services.

そうすれば、彼は彼らの奉仕をもっと容易に容認できただろう。

Mais en l'état actuel des choses, il souffrait de son aide.

しかし、実際は、彼は彼女の援助に苦しんだ。

La sœur, bien sûr, a tenté de dissimuler la gêne.

もちろん、妹はその恥ずかしさを隠そうとした。

Et elle faisait de son mieux pour feindre de ne pas se sentir accablée.

そして彼女は負担を感じていないふりをしようと最善を尽くしました。

Bien sûr, c'est quelque chose qu'elle devait d'abord pratiquer.

もちろん、これは彼女が最初に練習しなければならなかったことです。

Et plus le temps passait, plus elle devenait douée.

そして時間が経つにつれて、彼女はより上手になっていきました。

Mais Gregor eut également plus de temps pour constater sa supercherie.

しかし、グレゴールにも彼女の偽りの態度を見抜く時間が与えられた。

Même son entrée dans sa chambre était une épreuve pour lui.

彼女が部屋に入ってくるだけでも彼にとっては試練だった。

Dès qu'elle est entrée, elle a couru directement vers la fenêtre.

彼女は入るとすぐに窓に向かってまっすぐ走った。

Elle n'a même pas pris le temps de fermer la porte.

彼女はドアを閉める時間さえ取らなかった。

Normalement, elle épargnait à tout le monde la vue de la chambre de Gregor.

普段、彼女は誰にもグレゴールの部屋を見せないようにしていた。

Et elle ouvrit brusquement la fenêtre d'un geste rapide.

そして彼女は急いで手で窓を勢いよく開けた。

Puis elle reprit sa respiration comme si elle avait suffoqué.

それから彼女は、まるで窒息していたかのように再び呼吸をしました。

L'air qui entrait était froid, et elle respira profondément.

入ってくる空気は冷たく、彼女は深呼吸した。

Mais elle resta néanmoins un moment près de la fenêtre.

しかし、彼女はしばらく窓のそばに留まりました。

Elle effrayait Gregor deux fois par jour avec ce rituel.

彼女はこの習慣でグレゴールを一日二回怖がらせた。

Pendant qu'elle était dans la pièce, il tremblait sous le canapé.

彼女が部屋にいる間、彼はソファの下で震えていた。

Il savait qu'elle aurait aimé lui épargner cette épreuve.

彼女は彼にその試練を避けてほしかっただろうと彼は知っていた。

Mais elle ne pouvait pas rester dans la pièce avec la fenêtre fermée.

しかし、窓を閉めた状態では彼女は部屋にいることができませんでした。

Il y a eu une fois où elle est arrivée un peu plus tôt.

彼女が少し早く来た時もありました。

Probablement environ un mois après la transformation de Gregor.

おそらくグレゴールの変身から約1か月後です。

Elle s'était plus ou moins habituée à sa nouvelle apparence.

彼女は彼の新しい外見にいくらか慣れてきた。

Elle n'avait donc plus aucune raison d'être particulièrement choquée.

だから彼女はもう特にショックを受ける理由はなかった。

Elle le trouva toujours immobile, le regard fixé par la fenêtre.

彼女は彼がまだ動かずに窓の外を見つめているのに気づいた。

Il se trouvait dans le pire endroit où il aurait pu être.

彼は、考えられる限り最も恐ろしい場所にいた。

Il n'aurait pas été surpris si elle n'était pas entrée.

彼女が入って来なかったとしても彼は驚かなかっただろう。

Il l'empêcha d'ouvrir la fenêtre.

そこで彼は彼女が窓を開けるのを阻止した。

Elle quitta rapidement la pièce et ferma la porte.

彼女はまた急いで部屋を出て、ドアを閉めた。

Un étranger aurait pu tirer toutes sortes de conclusions.

見知らぬ人なら、さまざまな結論に達することができただろう。

Peut-être attendait-il simplement l'occasion de la mordre.

おそらく彼は彼女を噛む機会を待っていたのでしょう。

Gregor, bien sûr, s'est immédiatement caché sous le canapé.

もちろん、グレゴールはすぐにソファの下に隠れました。

Mais il dut attendre midi pour que sa sœur revienne.

しかし彼は妹が戻るまで正午まで待たなければなりませんでした。

Et elle semblait beaucoup plus agitée que d'habitude.

そして彼女はいつもよりずっと落ち着きがないように見えました。

Il réalisa que sa vue lui était encore insupportable.

彼は、自分の姿を見るのがまだ耐えられないことに気づいた。

Sa vue allait lui rester insupportable.

彼女にとって、彼の姿を見ることは耐え難いものとなり続け
るだろう。

**Elle ne pouvait probablement pas supporter de le voir,
même partiellement.**

おそらく彼女は彼のいかなる部分も見ることが耐えられなか
ったのだろう。

Une petite partie dépassait toujours de sous le canapé.

ソファの下から常に小さな部分が突き出ていました。

Un jour, il transporta un drap sur son dos jusqu'au canapé.

ある日、彼はベッドシーツを背負ってソファまで運んだ。

Il voulait lui épargner de voir quoi que ce soit de lui.

彼は彼女に自分のいかなる部分も見られたくないと思ってい
た。

Il arrangea le drap de façon à ce qu'il soit entièrement caché.

彼は自分の体全体が隠れるようにベッドシーツを整えた。

Même si elle se baissait, elle ne pourrait pas le voir.

たとえ彼女がかがんだとしても、彼を見ることはできないだ
ろう。

L'opération a pris à Gregor plus de trois heures.

グレゴールはこの作業全体に3時間以上を要した。

Elle a peut-être pensé que le drap était inutile.

彼女はベッドシーツは不要だと思ったのかもしれない。

Elle aurait su qu'il ne voulait pas du drap.

彼女は彼がベッドシーツを欲しがっていないことを知ってい
たはずだ。

Il le faisait pour son confort, et non pour lui-même.

彼は自分のためではなく、彼女の慰めのためにそうしていた
のです。

Et elle aurait pu enlever le drap si elle l'avait voulu.

そして彼女は、もし望めばベッドシーツを外すこともできたでしょう。

Mais elle laissa le drap là où Gregor l'avait mis.

しかし彼女はベッドシーツをグレゴールが置いた場所にそのまま残しました。

Et Gregor crut même avoir aperçu un regard reconnaissant.

そしてグレゴールは、感謝の表情さえ見せてくれたような気がした。

Il avait doucement soulevé le drap avec sa tête.

彼は頭を使ってベッドシーツをそっと持ち上げた。

Il voulait savoir si sa sœur appréciait cet arrangement.

彼は妹がその取り決めを気に入っているかどうか知りたかった。

Les deux premières semaines ont été les plus difficiles pour les parents.

最初の2週間は両親にとって最も大変でした。

Ils n'ont pas eu le courage d'entrer et de le voir.

彼らは中に入って彼に会う気にはなれなかった。

Il a surpris plusieurs de leurs conversations à cette époque.

このとき、彼は彼らの会話の多くを耳にした。

Ils ont pleinement reconnu tout ce que faisait la sœur.

彼らは妹がしていたことをすべて全面的に認めました。

Même s'ils étaient souvent agacés par elle.

彼女に対して、彼らはよくイライラしていたのに。

Parce qu'elle semblait être une fille un peu inutile.

なんだか、役立たずな女の子に見えたから。

C'étaient maintenant eux qui attendaient de l'autre côté de la pièce.

今、部屋の反対側で待っていたのは彼らだった。

Et c'est elle qui est entrée dans la pièce pour tout faire.

そして、部屋に入ってすべてをやるのは彼女でした。

Dès qu'elle est sortie, ils ont voulu tout savoir.

彼女が出てくるとすぐに、彼らはすべてを知りたがった。

Elle a dû leur décrire précisément l'aspect de la pièce.

彼女は彼らに部屋がどのような様子かを正確に伝えなければ

なりませんでした。

« Qu'est-ce que Gregor a mangé ? Comment s'est-il comporté
cette fois-ci ? »

「グレゴールは何を食べたの？今回はどんな様子だった？」

«Y avait-il peut-être une légère amélioration à constater ?»

「少しでも改善が見られましたか？」

La mère, d'ailleurs, était en réalité plus courageuse.

ちなみに、母親のほうが実は勇敢だった。

Et bien sûr, c'était son propre fils qui se trouvait dans la
pièce.

そしてもちろん、部屋の中にいたのは彼女自身の息子でした

。

Elle souhaitait en fait rendre visite à Gregor assez
rapidement.

彼女は実は、かなり早くグレゴールを訪ねたかった。

Mais au départ, son père et sa sœur l'ont retenue.

しかし、当初、父親と妹は彼女を阻止した。

Ils ont avancé des arguments très rationnels pour qu'elle n'y
aille pas.

彼らは彼女が行かないようにと非常に合理的な主張をした。

Gregor écouta très attentivement leur raisonnement.

グレゴールは彼らの論議に非常に注意深く耳を傾けた。

Et il acceptait ce raisonnement autant que sa mère.

そして彼も母親と同じようにその理屈を受け入れた。

Plus tard, cependant, il a fallu la retenir par la force.

しかし、その後、彼女は強制的に引き止められてしまいました
た。
«Laissez-moi entrer voir Gregor, c'est mon malheureux fils !»
「グレゴールのところへ入れてくれ、彼は私の不幸な息子な
んだ！」
« Tu ne comprends pas que je dois aller le voir ? »
「私が彼に会いに行かなければならないことが分からないの
ですか？」
Gregor fut également convaincu par les arguments de sa mère.
グレゴールも母親の議論に説得された。
Peut-être avait-elle raison ; ce serait bien qu'elle vienne.
おそらく彼女は正しかった。彼女が入ってくると良いだろう
。
Le voir tous les jours serait beaucoup trop lourd.
毎日彼に会いに来るのはあまりにも多すぎるだろう。
Mais le voir une fois par semaine suffirait peut-être.
でも、週に一度彼に会えば十分かもしれません。
Elle pourrait comprendre les choses bien mieux que sa sœur.
彼女は妹よりも物事をずっとよく理解しているかもしれない
。
Malgré tout son courage, elle n'était encore qu'une enfant.
彼女はとても勇敢だったが、それでもまだ子供だった。
Peut-être une insouciance enfantine l'a-t-elle poussée à entreprendre cette tâche.
おそらく子供らしい無謀さが彼女にその任務を引き受けさせ
たのでしょう。
Mais le souhait de Gregor de revoir sa mère se réalisa bientôt.

しかし、母親に会いたいというグレゴールの願いはすぐに叶いました。

Durant la journée, Gregor se tenait à l'écart de la fenêtre.

グレゴールは昼間は窓から離れていた。

Il a agi ainsi par égard pour ses parents.

彼は両親に対する配慮からそうしたのです。

Il n'avait pas beaucoup de place pour ramper sur le sol.

彼には床の上を這い回れるほどのスペースがほとんどなかった。

Il avait du mal à rester immobile pendant la nuit.

彼は夜中にじっと横たわっているのが難しいと感じた。

Manger ne lui procurait plus le moindre plaisir.

食べることはもはや彼に少しも喜びを与えなかった。

Bien sûr, il devait trouver un moyen de se distraire.

もちろん彼は気を紛らわす何らかの方法を見つけなければなりませんでした。

Pour se divertir, il grimpait et descendait les murs.

彼は楽しむために壁を上ったり下りたりした。

Et il rampait aussi le long du plafond, la tête en bas.

そして彼もまた、天井に沿って逆さまに這っていきました。

Il était particulièrement heureux lorsqu'il était suspendu au plafond.

特に天井からぶら下がっている時は幸せそうでした。

C'était complètement différent de s'allonger par terre.

床に横たわるのとは全く違いました。

Il trouvait qu'il respirait beaucoup plus facilement dans cette position.

彼はこの姿勢の方が呼吸がずっと楽だと気づいた。

Une légère mais agréable vibration parcourut son corps.

わずかだが心地よい振動が彼の体に伝わった。

Parfois, il se laissait même trop aller à son bonheur.

時々、彼は幸せのあまりリラックスしすぎることさえありま
した。

Il lui arrivait d'être distrait et de lâcher prise du plafond.
彼は時々気を取られて、天井から手を離してしまいました。

Et à sa propre surprise, il atterrit de nouveau sur le sol.
そして、驚いたことに彼は地面に着地したのです。

Mais il maîtrisait bien mieux son corps qu'auparavant.
しかし、彼は以前よりもずっとうまく体をコントロールでき
るようになりました。

Ainsi, il ne se blessait plus lors de chutes aussi importantes.
だから、彼は今回、そんな大きな落下で怪我をすることはな
かったのです。

**Sa sœur remarqua immédiatement le nouveau plaisir de
Gregor.**
妹はすぐにグレゴールの新たな喜びに気づいた。

Et on retrouvait des traces de colle là où il avait rampé.
そして彼が這った場所には接着剤の跡が残っていました。

Là encore, la sœur pensa au bien-être de Gregor.
ここでも、シスターはグレゴールの健康について考えました
。

Il apprécierait peut-être d'avoir plus d'espace pour ramper.
おそらく彼は、這い回れるスペースがもっとあれば喜ぶだろ
う。

Et l'idée s'est fermement ancrée dans son esprit.
そしてその考えは彼女の頭の中にしっかりと定着した。

**Certains meubles volumineux entravaient sa liberté de
mouvement.**
いくつかの大きな家具が彼の自由な動きを妨げていた。

Il ne travaillait plus, il n'avait donc plus besoin du bureau.
彼はもう働いていなかったので、その机は必要なかった。

Et la boîte prenait plus de place que nécessaire. ***

そして、箱は必要以上にスペースを占有していました。***

La sœur n'était pas en mesure de déplacer ces choses seule.

妹は一人でこれらのものを移動させることができませんでした。

Bien sûr, elle n'osait pas demander de l'aide à son père.

もちろん彼女は父親に助けを求める勇気はなかった。

La bonne ne l'aurait certainement pas aidée non plus.

メイドもきっと彼女を助けなかっただろう。

La nouvelle femme de ménage était en réalité un an plus jeune qu'elle.

新しいメイドさんは実は彼女より一歳年下だった。

Elle avait courageusement endossé le rôle de l'ancienne bonne.

彼女は勇敢にもかつてのメイドの役割を引き受けた。

Mais il y avait un privilège auquel elle tenait absolument.

しかし、彼女がどうしても欲しい特権が一つありました。

Elle voulait que la cuisine reste verrouillée en permanence.

彼女は台所を常に施錠しておきたかった。

La sœur n'avait donc pas d'autre choix que de demander à sa mère.

それで妹は母親に尋ねるしか選択肢がありませんでした。

La mère est venue à son secours en poussant des cris de joie.

母親は興奮して喜びの叫び声をあげながら助けに来ました。

Mais elle se tut devant la porte de la chambre de Gregor.

しかし彼女はグレゴールの部屋のドアの前で黙ってしまった。

La sœur a vérifié que tout était en ordre dans la chambre.

姉は部屋の中のすべてが順調であるかどうかを確認した。

Gregor avait tiré précipitamment encore plus fort sur le drap.

グレゴールは急いでベッドシーツをさらにきつく引っ張った
。

Bien que le drap-housse paraisse encore disposé au hasard.
ベッドシーツはまだランダムに配置されているように見えま
した。

Et ce n'est qu'alors qu'elle laissa sa mère entrer dans la pièce.
そして、そのとき初めて彼女は母親を部屋に入れることを許
した。

Gregor s'abstint également d'espionner sous le drap.
グレゴールもシーツの下から覗き込むのを控えた。

Il a décidé de ne pas voir sa mère cette fois-ci.
彼は今回は母親に会うのをやめることにした。

Gregor était déjà content qu'elle soit venue.
グレゴールは彼女が入ってきただけで十分嬉しかった。

«Entrez, vous ne pouvez pas le voir», dit la sœur.
「さあ、中に入ってください。彼は見えませんよ」と姉は言
った。

Gregor supposa qu'elle tenait sa mère par la main.
グレゴールは彼女が母親の手を引いて歩いているのだと思っ
た。

**Puis il entendit les deux femmes, faibles, déplacer les
meubles.**
そのとき、彼は二人の弱々しい女性が家具を動かす音を聞い
た。

La sœur semblait s'attribuer la majeure partie du travail.
妹は仕事のほとんどを自分のものだと主張しているようだっ
た。

Sa mère craignait qu'elle ne s'épuise.
彼女の母親は彼女が無理をしてしまうのではないかと心配し
た。

Mais la sœur n'a prêté aucune attention à ces avertissements.

しかし、姉はこれらの警告に耳を傾けませんでした。

Mais même après quinze minutes, les progrès étaient très lents.

しかし、15分経っても進歩は非常に遅かった。

Ils n'avaient pas réussi à déplacer les meubles très loin.

彼らは家具をあまり遠くまで移動させることができなかった
。

Ils commençaient lentement à ressentir un sentiment de défaite.

彼らは徐々に敗北感を感じ始めていた。

La mère fut la première à reconnaître l'inutilité de la démarche.

最初に無益であることを認めたのは母親だった。

« Il vaudrait peut-être mieux laisser la boîte ici. »

「箱はここに置いておいた方がいいかもしれませんね。」

« Le carton est trop lourd pour que nous puissions le déplacer plus loin. »

「箱は重すぎるので、これ以上運ぶことはできません。」

« Et nous n'aurons pas terminé avant l'arrivée de votre père. »

「そして、あなたのお父さんが来るまで終わらないわよ。」

« Laisser la boîte ici lui barrerait encore plus le passage. »

「ここに箱を置いておくと、彼の行く手を阻むことになる。

« Et pouvons-nous être sûrs de lui rendre service ? »

「そして、私たちが彼のために尽力していると確信できるで
しょうか？」

Ils commencèrent à penser que le contraire pourrait bien être vrai.

彼らはその逆が真実かもしれないと考え始めた。

La vue du mur vide lui pesait lourdement sur le cœur.

何もない壁の光景が彼女の心に重くのしかかった。

Qui nous dit que Gregor ne ressentirait pas la même chose ?

グレゴールも同じように感じないと言えるでしょうか?

«Il est déjà habitué aux meubles de sa chambre.»

「彼はすでに自分の部屋の家具に慣れています。」

«Il pourrait se sentir encore plus abandonné dans une pièce vide.»

「誰もいない部屋では、さらに見捨てられたと感じるかもしれない。」

À ce moment-là, sa voix s'était presque réduite à un murmure.

この時までに彼女の声はほとんどささやくような声になっていた。

Elle ignorait en réalité où se trouvait exactement Gregor.

彼女は実際にはグレゴールの正確な居場所を知らなかった。

Elle ne voulait même pas qu'il entende sa voix.

彼女は彼に自分の声さえ聞かせたくなかった。

Bien qu'elle fût certaine qu'il ne la comprenait pas.

彼女は彼が自分の言っていることを理解していないと確信していた。

« N'aurait-on pas l'impression de l'avoir complètement abandonné ? »

「私たちは彼を完全に諦めてしまったように思われませんか?」

«N'aura-t-il pas l'impression qu'on le laisse se débrouiller seul ?»

「彼は私たちが彼を一人ぼっちで対処させようとしていると感じないでしょうか?」

«Nous devrions laisser la pièce exactement comme elle était.»

「部屋はそのままの状態で出て行くべきです。」

« Gregor finira par nous revenir comme avant. »

「やがてグレゴールは以前のように私たちのところに戻って
くるでしょう。」

«Alors il constatera que tout est encore à sa place.»

「そうすれば、すべてがまだ元の場所にあることに気づくで
しょう。」

**« Et il oubliera beaucoup plus facilement la période
intermédiaire. »**

「そして彼は中間期間をずっと簡単に忘れるでしょう。」

En entendant ces mots, Gregor réalisa quelque chose.

グレゴールはこれらの言葉を聞いて、あることに気づいた。

**Son esprit était devenu confus au cours des deux derniers
mois.**

彼の心はここ2か月間混乱していた。

**Le manque d'interactions humaines ne lui avait pas fait de
bien.**

人間との交流の欠如は彼にとって良くなかった。

**Il avait vraiment besoin de la vie monotone au sein de sa
famille.**

彼には家族に囲まれた単調な生活が本当に必要だった。

**Pourquoi aurait-il formulé une demande aussi absurde
autrement ?**

そうでなければ、なぜ彼はそのような無意味な要求をしたの
でしょうか?

Quel sens pouvait-il y avoir à vider sa chambre ?

彼の部屋を空にすることに、一体どんな意味があったのだろ
うか?

La chambre confortable est meublée de meubles hérités.

受け継がれた家具が備わった快適な客室。

**Pourquoi voudrait-il transformer cette chaleur familière en
une grotte ?**

なぜ彼はこの既知の暖かさを洞窟に変えたいのでしょうか?

Une grotte où il pouvait ramper en toute tranquillité dans toutes les directions.

あらゆる方向に安心して這い進むことができる洞窟。

Mais une grotte où il oublia rapidement son passé humain.

しかし、洞窟の中で彼は人間としての過去を急速に忘れてしまった。

Il se demandait s'il était déjà sur le point d'oublier.

彼は、自分がすでに忘れかけているのではないかと思わずにはいられなかった。

La voix de sa mère l'avait secoué et lui avait fait se souvenir.

母親の声に揺さぶられて彼は思い出した。

La voix qu'il n'avait pas entendue depuis si longtemps.

彼が長い間聞いていなかった声。

Il ne fallait rien enlever ; tout devait rester.

何も削除されるべきではなく、すべてはそのまま残されなければなりませんでした。

Le mobilier a eu un effet positif sur son état.

その家具は彼の状態に良い影響を与えた。

Et il ne pouvait pas s'en sortir sans ce lien avec le passé.

そして彼は、過去へのこの拠り所なしでは対処できなかった。

Les meubles l'empêchaient de ramper sans but.

家具のおかげで彼は無意識に這い回ることができませんでした。

Mais ce n'était pas une perte ; c'était au contraire un grand avantage.

しかし、それは損失ではなく、むしろ大きな利点でした。

Malheureusement, sa sœur avait un avis très différent.

残念ながら、妹は全く異なる意見を持っていました。

Elle était en quelque sorte devenue la porte-parole de Gregor.

彼女はある意味グレゴールの代弁者のような存在になっていた。

Bien sûr, son opinion n'était pas totalement injustifiée.

もちろん彼女の意見が全く根拠がないわけではない。

Mais l'opinion de sa mère devait être contredite ici.

しかし、ここで彼女の母親の意見は否定されなければなりませんでした。

Il ne s'agissait plus seulement d'enlever la boîte.

取り外す必要があったのは箱だけではありませんでした。

Son bureau et son armoire ne pouvaient pas rester en place non plus.

彼の机とワードローブも残すことができませんでした。

La seule chose indispensable était le canapé.

唯一欠かせないものはソファでした。

Elle n'a pas pris cette décision par simple rébellion enfantine.

彼女はただ子供っぽい反抗心からそう決めたのではない。

Ce n'était pas non plus sa confiance en soi récemment acquise.

それは彼女が最近得た自信でもありませんでした。

La nouvelle confiance qu'elle avait acquise lui a permis de travailler si dur pour gagner.

勝つために一生懸命努力したからこそ、彼女は新たな自信を得たのです。

Même si personne ne s'attendait à ce qu'elle y parvienne.

誰も彼女がそれをできるとは思っていなかったのに。

Gregor avait vraiment besoin de beaucoup d'espace pour ramper.

グレゴールは這うために本当にたくさんのスペースを必要としました。

Le mobilier ne faisait que réduire l'espace dont il disposait.

家具のせいで、彼が使える部屋は狭くなってしまった。

Elle était capable de mieux voir ces choses que sa mère.

彼女はこれらのことを母親よりもよく理解することができました。

Mais peut-être que son esprit romantique a aussi joué un rôle.

しかし、おそらく彼女のロマンチックな精神も役割を果たしたのでしょう。

Les filles de cet âge acquièrent souvent un certain enthousiasme.

その年頃の女の子は、ある種の熱意を持つようになることが多いです。

Et ils éprouvent le besoin d'obtenir ce qu'ils veulent chaque fois qu'ils le peuvent.

そして彼らは、できる限り自分の思い通りにする必要性を感じています。

C'est peut-être pour cela qu'elle voulait le saboter en secret.

おそらくこれが、彼女が密かに彼を妨害したかった理由でしょう。

Il est encore plus terrifiant lorsqu'il rampe sur les murs.

壁を這う姿はさらに恐ろしい。

Les parents n'osaient plus entrer dans la pièce.

両親はもう部屋に入る勇気がなかった。

Elle serait véritablement la seule à prendre soin de son frère.

彼女は本当に弟の唯一の世話人となるでしょう。

Elle ne laissa pas sa mère la persuader du contraire.

彼女は母親の説得に従わなかった。

La mère de Gregor se sentait déjà mal à l'aise dans la pièce.

グレゴールの母親は部屋の中ですでに不安を感じていた。

Elle cessa bientôt de parler et aida de nouveau sa fille.

彼女はすぐに話すのをやめ、再び娘を助けました。

Avec leurs forces restantes, ils ont enlevé l'armoire.

彼らは残った力を振り絞ってワードローブを取り外した。

La commode, il pouvait s'en passer.

彼にとって、箪笥はなくてもよかったものだった。

Mais le bureau allait devoir rester en place pour le moment.

しかし、当面は机をそのまま残さざるを得ませんでした。

Pendant l'absence des femmes, il tenta d'évaluer la pièce.

女性たちがいない間に、彼は部屋の中を調べようとした。

Et Gregor passa la tête sous le canapé.

そしてグレゴールはソファーの下から頭を出した。

Il devait voir ce qu'il pouvait faire face à la situation.

彼はその状況に対して何ができるか考えなければならなかった。

Mais il a été aussi prudent et attentionné que possible.

しかし、彼は可能な限り注意深く、思いやりを持って行動しました。

Malheureusement, c'est la mère qui est revenue la première.

残念ながら、先に帰ってきたのは母親だった。

Grete était encore en train de déplacer l'armoire dans la pièce voisine.

グレーテはまだ隣の部屋でワードローブを動かしていた。

Mais la mère n'était pas habituée à la vue de Gregor.

しかし母親はグレゴールの姿に慣れていなかった。

Un simple aperçu de lui aurait pu la rendre malade.

彼を一目見るだけでも彼女は気分が悪くなるかもしれない。

Gregor recula précipitamment jusqu'à l'autre bout du canapé.

グレゴールはソファの向こう端まで急いで後ずさりした。

Mais il ne pouvait pas reculer et maintenir le drap en équilibre.

しかし、彼は後ろに下がってベッドシーツのバランスを取る
ことができませんでした。

Ce mouvement suffit à attirer l'attention de la mère.
その動きは母親の注意を引くのに十分だった。

Elle marqua une pause et resta immobile un bref instant.
彼女は立ち止まり、ほんの一瞬じっと立っていました。

Puis elle se retourna et sortit de la pièce.
それから彼女は向きを変えて部屋から出て行きました。

**Gregor se répétait sans cesse que rien d'inhabituel ne s'était
produit.**
グレゴールは何も異常なことは起こっていないと自分に言い
聞かせ続けた。

« Ce ne sont que quelques meubles qui ont été emportés. »
「ただ家具が持ち去られただけです。」

**Mais il dut bientôt admettre que ces événements l'avaient
affecté.**
しかし、彼はすぐにその出来事が自分に影響を与えたことを
認めざるを得なかった。

Les femmes disaient tout ce qu'elles faisaient.
女性たちは自分たちがしていることすべてを話していた。

Ils faisaient des allers-retours dans la pièce.
彼らは部屋の中を行ったり来たり歩き回っていた。

Le bruit des meubles qui grattent le sol.
床に置かれた家具全てが傷つく。

Il avait l'impression d'être assailli de toutes parts.
彼は四方八方から攻撃されているように感じた。

Il replia sa tête et ses jambes aussi fort qu'il le put.
彼は頭と足をできるだけ強く引き寄せた。

De toutes ses forces, il plaqua son corps au sol.
彼は全力で体を地面に押し付けた。

Il savait qu'il ne pourrait pas supporter tout cela encore longtemps.

彼は、このすべてを長く耐えることはできないと分かっていた。

Ils ont vidé sa chambre et ont pris tout ce qu'il aimait.

彼らは彼の部屋を片付け、彼が愛していたものをすべて奪っていった。

Ils avaient déjà pris la boîte contenant tous ses outils.

彼らはすでに彼の道具が全部入った箱を持ち去っていた。

Ils étaient en train de déloger son lourd bureau du sol.

今、彼らは彼の重い机を地面から外していた。

Le bureau sur lequel il avait travaillé en rentrant du travail.

仕事から帰ってきてから仕事をしていた机。

Le bureau sur lequel il avait noté ses missions professionnelles.

彼が仕事の課題を書いていた机。

Le bureau sur lequel il avait fait ses devoirs au collège.

中学校時代に宿題をしていた机。

Oui, il avait déjà eu ce bureau à l'école primaire.

はい、彼は小学校の頃からこの机を持っていました。

Il n'a vraiment pas eu le temps de vérifier leurs bonnes intentions.

彼には彼らの善意を確認する時間が本当になかった。

Bien qu'il ait presque oublié leur présence.

いずれにせよ、彼は彼らがそこにいたことをほとんど忘れていた。

Parce qu'ils travaillaient en silence, épuisés.

疲労のため、彼らは黙々と作業していたからです。

Ils étaient trop fatigués pour annoncer leurs mouvements maintenant.

彼らは疲れすぎて、今行動を発表することができませんでした。

Il n'entendait que leurs lourds pas sur le sol.
彼が聞いたのは、床を踏む彼らの重々しい足音だけだった。
À ce moment précis, ils étaient appuyés contre la boîte.
ちょうどその時、彼らは箱に寄りかかっていました。
Et c'est alors que Gregor est sorti de sous le canapé.
そのとき、グレゴールがソファの下から出てきました。
Il a changé de direction à quatre reprises.
彼は走る方向を4回変えた。
Il n'arrivait pas à se décider quel objet sauver en premier.
どのアイテムを最初に保存する必要があるかを決めることが
できませんでした。
Soudain, son attention fut attirée par le mur vide.
突然、彼の注意は何も無い壁に引きつけられた。
Ils ne lui avaient laissé que la photo de la dame en fourrure.
彼に残されたものは毛皮を着た女性の写真だけだった。
Il rampa jusqu'à la photo pour coller son corps contre le sien.
彼は絵のところまで這って行き、彼女の体に体を押し付けた
。
Et son corps masquait complètement la vue de la photo.
そして彼の体が絵の視界を完全に覆い隠しました。
Le verre le soutenait et apaisait son ventre brûlant.
ガラスが彼を支え、熱い腹を慰めてくれた。
On ne pouvait plus lui enlever cette photo.
この写真はもう彼から奪うことができませんでした。
Puis il tourna la tête vers la porte du salon.
それから彼はリビングルームのドアの方へ頭を向けた。
Il allait les regarder retourner dans la pièce.
彼は女性たちが部屋に戻ってくるのを見守るつもりだった。

Et ils ne se reposèrent pas longtemps avant de revenir.

そして彼らは長く休むことなく再び戻ってきました。

Grete avait le bras autour de sa mère pour l'aider à marcher.

グレーテは母親の腕を抱きかかえ、歩くのを助けた。

« Que prenons-nous maintenant ? » demanda Grete en regardant autour d'elle.

「さて、何を持っていけばいいでしょうか？」とグレーテは言い、あたりを見回した。

À ce moment précis, son regard croisa celui de Gregor.

ちょうどそのとき、彼女の視線がグレゴールの目と合った。

Malgré le choc, elle a gardé son sang-froid.

ショックにも関わらず、彼女は平静を保った。

Probablement uniquement à cause de la présence de sa mère.

おそらくそれは母親の存在のせいだけでしょう。

Elle pencha le visage vers sa mère, lui cachant la vue.

彼女は母親のほうに顔を向けて視界を隠した。

Et puis elle dit, d'une voix tremblante et sans réfléchir :

そして彼女は震えながら、考えもせずにこう言った。

«Allez, on ne devrait pas retourner au salon ?»

「さあ、リビングに戻ろうか？」

Gregor comprenait aisément les intentions de sa sœur.

グレゴールは妹の意図を容易に理解することができた。

Sa priorité absolue était de mettre sa mère en sécurité.

彼女の第一の優先事項は母親を安全な場所に連れて行くことだった。

Mais ensuite, elle allait le poursuivre depuis le mur.

しかし、彼女は壁の上から彼を追いかけようとしていたのです。

« Eh bien, elle peut toujours essayer ! » pensa Gregor.

「まあ、彼女は確かに挑戦できるだろう！」グレゴールは心
の中で思った。

Il s'assit fermement sur son tableau et ne le lâcha pas.

彼は自分の絵にしっかりと座り、それを手放さなかった。

Il aurait préféré sauter au visage de sa sœur.

彼はむしろ妹の顔に飛びかかったほうがよかっただろう。

**Mais les paroles de Grete avaient encore plus inquiété sa
mère.**

しかし、グレーテの言葉は母親をさらに心配させた。

Elle s'écarta pour voir ce qu'on lui cachait.

彼女は自分から何が隠されているのか確かめるために脇に寄
った。

Et elle vit la tache brune sur le papier peint à fleurs.

そして彼女は花柄の壁紙に茶色いシミがあるのに気づきまし
た。

Et elle a crié avant même de réaliser que c'était Gregor.

そして彼女は、それがグレゴールだと気づく前に叫びました
。

« Oh mon Dieu ! » hurla-t-elle en tendant les bras.

「ああ、神様」彼女は両腕を広げて叫んだ。

**Et elle s'est effondrée sur le canapé comme si elle avait
renoncé.**

そして彼女は諦めたかのようにソファに倒れ込んだ。

« Gregor ! » cria sa sœur en levant le poing.

「グレゴール！」妹は拳を振り上げて彼に向かって叫んだ。

Et elle lui lança un regard long, dur et pénétrant.

そして彼女は彼を長く、厳しく、鋭い視線で見つめた。

C'était la première fois qu'elle lui parlait directement.

彼女が彼と直接話したのはこれが初めてだった。

**Elle a couru dans la pièce voisine pour aller chercher des sels
d'ammoniaque.**

彼女は匂い袋を手に入れるために隣の部屋に走って行った。

Elle devait ramener sa mère à la conscience.

彼女は母親の意識を取り戻さなければなりませんでした。

Gregor voulait aider, il pourrait sauvegarder la photo plus tard.

グレゴールは手伝いたいと思ったので、後で写真を保存できました。

Mais il s'était solidement collé à la vitre.

しかし、彼はガラスの上にしっかりとはまってしまった。

Il a donc dû s'arracher à ce point en utilisant beaucoup de force.

それで彼はかなりの力を使って自分自身を引き離さなければなりませんでした。

Il courut lui aussi dans la pièce voisine, où se trouvait sa sœur.

彼もまた、妹がいた隣の部屋へ走って行きました。

Autrefois, il aurait pu lui donner quelques conseils.

昔なら彼は彼女に何らかのアドバイスを与えることができただろう。

Mais à présent, il ne pouvait rien faire d'autre que rester là, impuissant, et regarder.

しかし、今彼にできることは、ただ傍観することだけだった。

Elle fouilla dans le tiroir, ouvrant diverses bouteilles.

彼女は引き出しの中をかき回して、いろいろな瓶を開けた。

Et il lui faisait encore peur quand elle se retournait.

そして、彼女が振り向いた時も、彼はまだ彼女を怖がらせました。

Une bouteille est tombée par terre, s'est cassée et a éclaté.

瓶が床に落ちて割れ、粉々になった。

Un éclat de verre a frappé Gregor au visage et l'a blessé.

ガラスの破片がグレゴールの顔に当たり、彼を負傷させた。

La bouteille contenait une sorte de liquide caustique.

その瓶には何らかの腐食性の液体が入っていた。

Et maintenant, le liquide corrosif brûlait le visage de Gregor.

そして今、腐食性の液体がグレゴールの顔を焼いていた。

Sa sœur, cependant, n'avait pas de temps à consacrer à Gregor pour le moment.

しかし、妹には今のところグレゴールのために時間を割く余裕がなかった。

Elle ramassa autant de bouteilles qu'elle put.

彼女はできる限り多くのボトルを拾い上げました。

Et elle est retournée en courant vers sa mère avec les médicaments.

そして彼女は薬を持って母親のところへ走って戻りました。

Elle claqua la porte du pied, empêchant Gregor d'entrer.

彼女は足でドアをバタンと閉めて、グレゴールを締め出した。

Il était désormais coupé de sa mère, potentiellement mourante.

彼は今や、死にゆく可能性のある母親と切り離されてしまった。

S'il ouvrait la porte, il chasserait sa sœur.

もしドアを開けたら、彼は妹を追い払ってしまうだろう。

Mais bien sûr, elle devait rester pour s'occuper de sa mère.

しかし、もちろん彼女は母親の世話をするために留まらなければなりませんでした。

Il ne pouvait plus rien faire d'autre qu'attendre.

彼に今できることは彼らを待つことだけだった。

Rongé par les remords et l'anxiété, il se mit à ramper.

自責の念と不安に悩まされ、彼は這い始めた。

Il rampait partout : sur les murs, les meubles, le plafond.

彼は壁、家具、天井などあらゆるところを這っていきました
。

Il avait l'impression que toute la pièce tournait autour de lui.

彼はまるで部屋全体が自分の周りで回転しているように感じ
た。

Finalement, désespéré et pris de vertiges, il retomba.

ついに、絶望とめまいで、彼は再び倒れてしまいました。

Et il est tombé directement sur la grande table de la salle à manger.

そして彼は大きなダイニングルームのテーブルの上に落ちて
しまいました。

Il resta allongé là un certain temps, engourdi et incapable de bouger.

彼はしばらくの間、感覚がなく動くこともできないままそこ
に横たわっていた。

Il était épuisé par tout ce que cette journée lui avait apporté.

彼はこの日起こったあらゆる出来事で疲れ果てていた。

Le silence régnait partout, mais c'était peut-être bon signe.

周囲は静かだったが、それは良い兆候だったのかもしれない
。

Puis, brisant le silence, la sonnette retentit à l'extérieur.

すると、静寂を破って外のドアベルが鳴った。

La bonne, bien sûr, s'était enfermée dans sa cuisine.

もちろん、メイドは自分の台所に鍵をかけていた。

La sœur était donc la seule à pouvoir ouvrir la porte.

つまり、ドアを開けることができたのは妹だけだったのです
。

« Que s'est-il passé ? » fut la première question du père.

「何が起こったんだ？」というのが父親が最初に尋ねたこと
だった。

L'apparence de Grete lui avait probablement tout dit.

おそらくグレーテの容姿が彼にすべてを物語っていたのだろう。

La voix de Grete devint étouffée et monotone tandis qu'elle parlait.

グレーテは話しているうちに声はくぐもって鈍くなっていった。

Elle a dû enfouir son visage contre la poitrine de son père.

彼女は父親の胸に顔を押し付けていたに違いない。

« Maman était inconsciente, mais elle va mieux maintenant. »

「お母さんは意識不明だったけど、今は気分が良くなりました。」

« Gregor s'est échappé », a-t-elle ajouté, ce à quoi il s'attendait.

「グレゴールは逃げたのよ」と彼女は付け加えたが、彼はそれを予想していた。

« Je vous l'ai toujours dit, il allait s'échapper un jour. »

「彼はいつか逃げ出すだろうと、ずっと言っていたよ。」

« Mais vous, les femmes, vous ne vouliez pas m'écouter, n'est-ce pas ? »

「でも、あなたたち女性は私の言うことを聞きたくなかったでしょう？」

Gregor comprit rapidement comment son père verrait les choses.

グレゴールはすぐに父親が物事をどう見ているかを悟った。

Il avait mal interprété le message trop bref de Grete.

彼はグレーテのあまりにも短いメッセージを誤解していた。

Il supposa que Gregor avait commis un acte de violence.

彼はグレゴールが何らかの暴力行為を犯したと推測した。

Gregor devait trouver un moyen d'apaiser son père d'une manière ou d'une autre.

グレゴールは何とかして父親をなだめる方法を見つけなければなりませんでした。

Parce qu'il n'avait pas le temps de lui expliquer les choses.

彼には物事を説明する時間がなかったからです。

Mais de toute façon, il n'aurait pas été capable d'expliquer les choses.

しかし、いずれにしても彼は物事を説明することができなかったでしょう。

Il s'est donc enfui vers la porte et s'y est plaqué.

そこで彼はドアの方に逃げて、ドアに体を押し付けた。

Ainsi, son père pourrait le voir depuis l'antichambre.

そうすれば父親は控え室から息子を見ることができた。

Et il pourrait constater qu'il avait les meilleures intentions.

そして彼は、自分が最善の意図を持っていたことがわかるだろう。

Il n'était pas nécessaire de le repousser avec un balai.

ほうきで彼を押し戻す必要はなかった。

Il aurait suffi que le père ouvre la porte.

父親がしなければならなかったのはドアを開けることだけだった。

Mais il n'était pas d'humeur à remarquer de telles subtilités.

しかし、彼はそのような微妙な点に気づく気分ではなかった。

« Te voilà ! » s'exclama-t-il dès qu'il entra.

「そこにいたよ！」彼は入るなり叫んだ。

C'était comme s'il était à la fois en colère et heureux.

彼はまるで怒っていると同時に喜んでいるかのようでした。

Il recula la tête et leva les yeux vers son père.

彼は頭を後ろに引いて、父親を見上げた。

Il n'avait pas imaginé son père debout là, dans cette position.

彼は父親がこんな風にそこに立っているとは想像もしていなかった。

Mais ces derniers temps, il s'était trouvé une nouvelle distraction.

しかし、彼は最近、新たな気晴らしを見つけた。

Ramper occupait désormais une grande partie de sa journée.

這いずり回ることが彼の一日の大半を占めるようになった。

Auparavant, il se tenait au courant de toutes les nouvelles dans l'appartement.

以前、彼はアパート内のあらゆるニュースを記録していました。

Mais ces derniers temps, il n'y avait pas prêté beaucoup d'attention.

しかし、彼は最近それほど注意を払っていなかった。

Il aurait dû se préparer à faire face aux changements.

彼は変化に直面する覚悟をしておくべきだった。

Pour autant, cet homme qui se tenait devant lui était-il encore son père ?

それでも、目の前のこの男は、まだ父親だったのだろうか？

Était-ce le même homme qui avait l'habitude de rester allongé, fatigué, dans son lit ?

彼は、疲れてベッドに横たわっていたあの男と同じ人だったのだろうか？

Alors que Gregor était déjà parti en voyage d'affaires.

グレゴールがすでに出張に出ていたときのこと。

Était-ce le même homme qui le saluait le soir ?

彼は夕方に彼に挨拶した同じ男だったのだろうか？

Lorsqu'il était en robe de chambre, dans son fauteuil.

彼がガウンを着て肘掛け椅子に座っていたとき。

Était-ce le même homme qui n'avait pas pu se lever pour l'accueillir ?

彼は、彼を迎えるために立ち上がることができなかった同じ男だったのだろうか？

Restant assis, il leva le bras en signe de joie.

そこで彼は座ったまま、喜びの印として腕を上げました。

Était-ce le même homme avec qui il faisait parfois des promenades ?

彼は、時々一緒に散歩に出かける男性と同一人物だったのだろうか？

Exceptionnellement : quelques dimanches par an, ou les jours fériés.

まれに、年に数回の日曜日、または休日。

Était-ce le même homme qui marchait, enveloppé dans son pardessus ?

彼はオーバーコートを着て歩いていた男と同一人物だろうか？

S'est-il lentement avancé, entre la mère et lui ?

彼は母親と自分の間をゆっくりと前進したのだろうか？

Et ils marchaient déjà lentement à cause de lui.

そして彼らはすでに彼のせいでゆっくり歩いていた。

Mais à présent, cet homme se tenait droit et fort.

しかし今、この男は力強くまっすぐに立っていました。

Il portait un uniforme bleu à boutons dorés.

彼は金ボタンの付いた青い制服を着ていた。

Les badges que portent les employés des institutions bancaires.

銀行機関の職員が着用するボタン。

Au-dessus du col rigide, son double menton prononcé se dessinait.

硬い襟の上に、彼のたくましい二重あごが現れた。

Sous ses sourcils broussailleux, ses yeux noirs fixaient le vide.

彼のふさふさした眉毛の下の黒い目が外を見つめていた。

À présent, ses yeux paraissaient perçants, frais et alertes.

今、彼の目は鋭く、新鮮で、機敏に見えました。

Les cheveux blancs, auparavant ébouriffés, étaient désormais peignés.

乱れていた白い髪が梳かされました。

Et ses cheveux étaient désormais coiffés d'une raie centrale méticuleuse.

そして彼の髪は今や、中央で丁寧に分けられている。

Il jeta son chapeau, orné d'un monogramme en or.

彼は金色のモノグラムがついた帽子を投げた。

Il s'agissait probablement du monogramme de la banque pour laquelle il travaillait.

それはおそらく彼が勤務していた銀行のモノグラムだったのでしょう。

Et le chapeau atterrit sur le canapé, pour être rangé plus tard.

そして帽子はソファの上に置かれ、後でしまっておかれることになりました。

Il repoussa le bas de sa longue veste d'uniforme.

彼は制服の長いジャケットの裾を後ろに押し上げた。

Et il mit ses pouces dans les poches de son pantalon.

そして彼はズボンのポケットに親指を入れました。

Puis, le visage sombre, il s'avança vers Gregor.

それから、彼は厳しい顔でグレゴールに向かって歩いていった。

Il ne savait probablement même pas ce qu'il comptait faire.

彼はおそらく自分が何を計画しているのかさえ知らなかったのだろう。

Mais il leva néanmoins les pieds exceptionnellement haut.

しかし、それにもかかわらず、彼は足を異常に高く上げまし
た。

Gregor était stupéfait par la taille énorme de ses bottes.
グレゴールはブーツの巨大さに驚いた。

**Mais il n'y avait vraiment pas le temps de s'extasier devant
ses chaussures.**
しかし、彼の靴に驚嘆する時間は本当にありませんでした。

Le père avait opté pour une discipline très stricte.
父親は非常に厳しい躾をすることに決めていた。

Seule la plus grande sévérité convenait à Gregor.
グレゴールには最大限の厳しさだけがふさわしい。

Il le savait dès le premier jour de sa transformation.
彼は変身した最初の日からこれを知っていました。

Il courut vers son père et s'arrêta quand celui-ci s'arrêta.
彼は父親のところまで走り、父親が止まると止まりました。

**Il se précipita de nouveau vers lui lorsqu'il bougea à
nouveau.**
彼が再び動くと、彼は再び彼の方へ走り去った。

Le père marqua une pause, et Gregor fit de même.
父親は一瞬立ち止まり、グレゴールも立ち止まった。

**Et il se précipita de nouveau en avant dès que son père eut
bougé.**
そして父親が動くとすぐに、彼はまた突進しました。

Ils firent ainsi plusieurs fois le tour de la pièce.
こうして彼らは部屋の中を何度も回りました。

**Aucun avantage décisif n'avait encore été obtenu par qui
que ce soit.**
まだ誰も決定的な優位性を獲得していませんでした。

On n'aurait pas pu avoir l'impression d'une poursuite.
追跡されているという印象は受けられなかっただろう。

**Parce que tout l'événement se déroulait beaucoup trop
lentement.**

なぜなら、イベント全体があまりにもゆっくりと進行してい
たからです。

Gregor avait décidé de rester au sol.
グレゴールは地上に留まることに決めていた。

Il aurait pu courir le long des murs et du plafond.
彼は壁を駆け上がり、天井に沿って走ることもできたでしょ
う。

Mais il ne voulait pas provoquer inutilement le père.
しかし、彼は父親を不必要に刺激したくなかった。

**Une telle évasion aurait pu paraître particulièrement
perverse.**
このような逃亡は、特に邪悪なものと思われたかもしれない
。

**Gregor admit que cette poursuite ne pourrait pas durer
beaucoup plus longtemps.**
グレゴールはこの追跡が長くは続かないだろうと認めた。

Chaque étape nécessitait une myriade de mouvements.
一歩ごとに無数の動きが必要でした。

Il commençait déjà à avoir le souffle court.
彼はすでに息切れを感じ始めていた。

**Même avant cela, il n'avait jamais eu des poumons
totalement fiables.**
以前から彼は完全に信頼できる肺を持っていませんでした。

**Il avançait en titubant, économisant ses forces pour la
course.**
彼は走るために体力を温存しながら、よろめきながら歩いた
。

Il était si fatigué qu'il avait du mal à garder les yeux ouverts.
彼はとても疲れていたので、目を開けていられなかった。

**Ses pensées étaient devenues trop lentes pour qu'il puisse
envisager d'autres solutions.**

彼の思考は遅くなりすぎて、他の脱出方法を考えることもできなくなった。

Il avait presque oublié que les murs étaient à sa disposition.
彼は壁が利用できることをほとんど忘れていた。

Mais les murs étaient de toute façon dissimulés derrière des meubles.
しかし、壁は家具の後ろに隠れていました。

Et les meubles avaient trop d'encoches et de saillies.
そして家具には切り欠きや突起が多すぎました。

Et puis, juste à côté de lui, en roulant, il y avait une pomme.
すると、彼のすぐそばに、リンゴが転がっていました。

Il réalisa que la pomme avait dû lui être lancée.
リンゴはきっと投げつけられたに違いない、と彼は気づいた。

Mais il n'eut pas le temps de réfléchir qu'une autre pomme arriva.
しかし、次のリンゴが来る前に、考える暇もありませんでした。

Gregor resta figé, sous le choc de la nouvelle stratégie de son père.
グレゴールは父親の新たな戦略に衝撃を受けて凍りついた。

Il ne pouvait plus rien gagner à essayer de fuir.
彼はもう逃げようとしても何も得られなかった。

Le père avait décidé de le bombarder de fruits.
父親は息子に果物を浴びせることに決めた。

Il avait rempli ses poches avec les fruits du bol de la cuisine.
彼はキッチンのフルーツボウルからポケットをいっぱいにしていた。

Sans viser particulièrement, il lançait pomme après pomme.
彼は特に狙うでもなく、次から次へとリンゴを投げ続けた。

Ces petites pommes rouges roulaient sur le sol.

これらの小さな赤いリンゴは地面の上を転がり回りました。

Comme électrifiées, les pommes se heurtèrent les unes aux autres.

まるで電気が走ったかのように、リンゴは互いにぶつかり合いました。

Une des pommes, lancée mollement, a effleuré le dos de Gregor.

弱々しく投げられたリンゴの一つがグレゴールの背中をかすめた。

Heureusement pour lui, la pomme a glissé sans le blesser.

幸いなことに、そのリンゴは滑り落ちて無害でした。

Cependant, la pomme lancée ensuite était plus précise.

しかし、その後に投げられたリンゴの方が正確でした。

Et cette pomme s'est logée profondément dans le dos de Gregor.

そして、このリンゴはグレゴールの背中に深く刺さりました。

Gregor voulait s'éloigner de la douleur.

グレゴールはその苦痛から逃れたいと思った。

Peut-être pourrait-on échapper à cette nouvelle douleur inimaginable.

もしかしたら、この新たな、信じられないほどの痛みから逃れられるかもしれない。

Un changement d'endroit pourrait peut-être soulager son supplice.

おそらく場所を変えれば彼の苦しみは和らぐだろう。

Mais il avait l'impression d'être cloué au sol.

しかし、彼は床に釘付けにされたように感じた。

Il s'étira, mais seulement à cause de sa confusion.

彼は手を伸ばしてしまったが、それは単に混乱していたからだった。

Ce n'est qu'à son dernier regard qu'il vit la porte s'ouvrir.

彼は最後に一目見て初めてドアが開くのに気づいた。

La mère s'est précipitée devant sa sœur qui hurlait.

母親は叫び声をあげる妹の前に飛び出した。

Sa sœur l'avait déshabillée, elle était donc encore en chemise.

姉は彼女の服を脱がせていたので、彼女はシャツ一枚だった
。

Elle avait besoin de respirer pendant son inconscience.

彼女は無意識の中で息抜きする空間を必要としていた。

Il voyait encore la mère courir vers le père.

彼は母親が父親に向かって走っていく様子をまだ見ていた。

Ses jupes glissèrent au sol, l'une après l'autre.

彼女のスカートが次々と地面に滑り落ちた。

Il la vit s'approcher du père et trébucher sur sa jupe.

彼は彼女が父親に近づき、彼女のスカートにつまずくのを見
た。

L'enlaçant, elle demanda qu'on épargne la vie de Gregor.

彼女は彼を抱きしめながら、グレゴールの命を助けるよう懇
願した。

En parfaite harmonie avec son corps, sa vue s'est éteinte.

身体と完全に一体化したため、彼の視力は失われた。

Gregor a souffert de cette grave blessure pendant plus d'un mois.

グレゴールさんは1か月以上にわたって重傷を負った。

La pomme restait incrustée ; personne n'osait l'enlever.

リンゴは埋め込まれたままで、誰もそれを取り出そうとはしませんでした。

La pomme restait plantée dans sa chair comme un rappel visible.

リンゴは目に見える思い出として彼の肉体に残った。

Mais la pomme servait aussi de rappel au père.

しかし、リンゴは父親への警告としても機能しました。

Il comprit que Gregor ne devait pas être traité comme un ennemi.

彼はグレゴールを敵のように扱うべきではないことに気づいた。

Actuellement, son apparence pourrait être triste et repoussante.

現時点では彼の様子は悲しく不快なものとなっているかもしれない。

Mais il restait néanmoins un membre de leur famille.

しかし、それでも彼は彼らの家族の一員でした。

Il a fallu accepter et tolérer cette réticence.

その不本意な気持ちは受け入れ、我慢しなければならなかった。

En raison de sa blessure, il risque fort de perdre sa mobilité à jamais.

傷のせいで、彼の運動能力は永久に失われるかもしれない。

Il continuait à ramper dans sa chambre, mais beaucoup plus lentement.

彼はまだ部屋の中を這い回っていましたが、以前よりずっと遅くなっていました。

Ramper à une quelconque hauteur était hors de question.

いかなる高さでも這うことは不可能だった。

Mais Gregor a bien reçu une forme de compensation.

しかし、グレゴールは何らかの形の補償金を受け取りました。

Le soir, la porte du salon lui fut ouverte.

夕方、リビングルームのドアが彼のために開けられました。

Et il estimait que ces réparations étaient tout à fait adéquates.

そして彼は、これらの賠償金は完全に適切であると感じました。

Avant le soir, il avait déjà commencé à surveiller la porte.

夕方になる前に、彼はすでにドアを監視し始めていた。

Il était allongé dans l'obscurité, invisible depuis le salon.

彼はリビングルームからは見えない暗闇の中に横たわっていた。

Il pouvait voir toute la famille à la table illuminée.

彼は明かりのついたテーブルに家族全員が集まっているのを見ることができた。

Il était désormais autorisé à écouter leurs conversations.

彼は今や彼らの会話を聞くことを許された。

C'était très différent de leur arrangement précédent.

これは彼らの以前の取り決めとはまったく異なっていました。

Les conversations animées d'autrefois étaient terminées.

以前のような活発な会話は終わりました。

C'étaient ces conversations qu'il désirait tant.

これらは彼がかつて切望していた会話だった。

Lorsqu'il dormait seul dans de petites chambres d'hôtel.

彼が小さなホテルの部屋で一人で寝ていたとき。

Quand il a dû se jeter dans les draps humides.

湿った布団の中に身を投げ出さなければならなかったとき。

Mais les soirées étaient désormais généralement calmes et sans incident.

しかし、今では夕方はほとんど静かで何も起こらない。

Le père s'est endormi dans son fauteuil après le dîner.

父親は夕食後、肘掛け椅子で眠ってしまった。

Et la mère et la sœur s'exhortaient mutuellement à se taire.

そして母親と妹は互いに静かにするように促し合った。

La mère, penchée très haut sur la lampe, cousait du lin.

母親は明かりの上に深く身を乗り出して、リネンを縫っていました。

Elle confectionne maintenant des robes pour l'un des magasins de mode.

彼女は現在、あるファッションストアのためにドレスを製作しています。

Comme Gregor, sa sœur avait trouvé un emploi de vendeuse.

グレゴールと同じように、妹も販売員として働いていた。

Elle apprenait la sténographie et le français le soir.

彼女は夜に速記とフランス語を学んでいました。

Afin qu'elle puisse peut-être obtenir un meilleur poste plus tard.

そうすれば、彼女は将来、もっと良い仕事に就けるかもしれない。

Parfois, le père se réveillait de sa sieste du soir.

時々、父親は夕方の昼寝から目覚めることもあった。

« Chérie, tu as déjà cousu tellement longtemps aujourd'hui !
»

「ダーリン、今日はもう長いこと縫い物をしていたね！」

Il semblait avoir oublié qu'il dormait.

彼は寝ていたことを忘れていたようだ。

Mais il retombait aussitôt dans son sommeil.

しかし、彼はすぐにまた眠りに落ちた。

Et la mère et la sœur s'échangèrent un sourire las.

そして母と妹は互いに疲れたように微笑んだ。

Le père avait développé une étrange nouvelle obstination.

父親は奇妙な新たな頑固さを身につけていた。

Même chez lui, il refusait d'enlever son uniforme de
domestique.

彼は家でも使用人の制服を脱ぐことを拒否した。

Et son peignoir pendait inutilement sur le cintre.

そして彼のガウンは役に立たずにハンガーに掛かっていた。

Le père dormit donc, tout habillé, dans son fauteuil.

それで父親は服を着たまま、肘掛け椅子で眠った。

C'était comme s'il était toujours prêt à rendre service.

まるで彼はいつでも奉仕する準備ができているかのようだっ
た。

Comme s'il attendait simplement la voix de son supérieur.

まるで上司の声を待っていたかのようだった。

Cela a eu pour conséquence que son uniforme a perdu sa
propreté.

その結果、彼の制服は清潔さを失ってしまいました。

Bien que l'uniforme ne fût pas neuf lorsqu'il l'a reçu.

もっとも、彼が制服を手に入れたときも、その制服は新品で
はなかった。

Et la mère faisait de son mieux pour prendre soin de
l'uniforme.

そして母親は制服の手入れに全力を尽くしました。

Gregor passait des soirées entières à contempler cet uniforme.

グレゴールは一晩中この制服を眺めていた。

Il observa le vieil homme dormir très mal.

彼は老人がひどく不快に眠っているのを見ていた。

Mais dans son sommeil, il remarqua aussi quelque chose de paisible.

しかし、彼は眠っている間に、何か平和なものにも気づきました。

Lorsque l'horloge a sonné dix heures, la mère a essayé de le réveiller.

時計が10時を打ったとき、母親は息子を起こそうとした。

Elle lui parla doucement et le persuada d'aller se coucher.

彼女は静かに話し、彼に寝るように説得した。

Parce que dormir sur un fauteuil, ce n'était pas du vrai sommeil.

なぜなら、肘掛け椅子で寝るのは本当の睡眠ではないからです。

Il allait devoir commencer à travailler à six heures.

彼は6時に仕事を始めなければならなかった。

Il avait donc vraiment besoin de dormir le mieux possible.

だから彼は本当に、できる限り良い睡眠をとる必要があったのです。

Mais il était pris d'une nouvelle forme d'obstination.

しかし、彼は新たな形の頑固さにとらわれていた。

Le fait de devenir serviteur avait commencé à avoir cet effet sur lui.

召使になることが彼にこのような影響を及ぼし始めていた。

Il insistait donc toujours pour rester plus longtemps à table.

それで彼はいつもテーブルに長く留まろうと主張した。

Bien qu'il se rendormît régulièrement dans son fauteuil.

彼はまた定期的に椅子に座ったまま眠り込んでしまった。

Et il ne pouvait être déplacé qu'avec la plus grande difficulté.

そして、彼は非常に困難を伴ってのみ移動させることができた。

Il a fallu lui dire que ce lit lui conviendrait mieux.

ベッドのほうが彼にとって良いだろうと告げられなければならなかった。

La mère et la sœur ont dû insister, malgré quelques avertissements.

母と妹は少し警告しながら主張しなければなりませんでした。

Pendant quinze minutes, il se contenta de secouer lentement la tête.

15分間、彼はただゆっくりと首を振っていた。

Et il garda les yeux fermés et refusa de se lever.

そして彼は目を閉じたまま、起き上がることを拒否しました。

La mère tira doucement, mais fermement, sur sa manche.

母親は息子の袖を優しく、しかししっかりと引っ張った。

Et elle lui murmurait des mots flatteurs à l'oreille, encore fatiguée.

そして彼女は彼の疲れた耳にお世辞の言葉をささやいた。

La sœur a interrompu sa tâche pour aider sa mère.

妹は母親を手伝うために、自分がしていた仕事を放棄した。

Mais aucun de leurs efforts n'a fonctionné sur le père.

しかし、彼らの努力はどれも父親には効果がなかった。

Il s'enfonça encore plus profondément dans son fauteuil, prêt à dormir.

彼は眠る準備をして、椅子にさらに深く沈み込んだ。

Et finalement, les femmes l'ont attrapé sous les aisselles.

そしてついに、女性たちは彼の脇の下をつかんだ。

Il ouvrit les yeux et les regarda tour à tour.

彼は目を開けて交互にそれらを見た。

« Quelle vie ! » se plaignit-il en allant se coucher.

「なんて人生だ」と彼は寝床に就きながら不満を漏らした。

« Est-ce là la paix qui m'a été accordée dans ma vieillesse ? »

「これが老後に与えられた安らぎなのだろうか？」

Mais alors, s'appuyant sur les deux femmes, il se leva maladroitement.

しかし、彼は二人の女性に寄りかかりながら、ぎこちなく立ち上がった。

Il agissait comme s'il portait le fardeau le plus lourd.

彼はまるで最も重い重荷を背負っているかのように振る舞った。

Il laissa les deux femmes le conduire au fond de la pièce.

彼は二人の女性に部屋の端まで案内してもらった。

Là, il leur souhaita bonne nuit et poursuivit son chemin seul.

そこで彼は彼らにおやすみなさいを告げ、一人で歩き続けた。

Mais la mère jeta précipitamment son nécessaire à couture.

しかし、母親は慌てて裁縫道具を投げ捨てました。

Et la sœur posa elle aussi le stylo et le bloc-notes.

そして妹もペンとメモ帳を置きました。

Et ils coururent derrière le père pour l'aider davantage.

そして彼らは父親をさらに助けるために後ろを走りました。

Qui, dans cette famille surmenée, avait du temps à consacrer à Gregor ?

この働きすぎの家族の中で、誰がグレゴールのために時間を割けるだろうか？

Qui aurait pu lui accorder plus d'attention que nécessaire ?

誰が彼に必要以上の注目を向けただろうか？

Le budget des ménages est devenu de plus en plus restreint.

家計の予算はますます厳しくなっていった。

Finalement, pour faire des économies, ils ont dû licencier la bonne.

結局、お金を節約するためにメイドを解雇しなければなりませんでした。

Elle fut remplacée par une femme à la carrure imposante et aux cheveux blancs.

彼女の代わりとなったのは、骨太で白髪の女性だった。

Mais cette femme ne venait que le matin et le soir.

しかし、この女性は朝と夕方にしか来ませんでした。

Et tout le travail le plus lourd et le plus pénible lui avait été réservé.

そして、最も重くて大変な仕事はすべて彼女のために残されました。

Toutes les autres tâches ménagères étaient prises en charge par la mère.

その他の家事はすべて母親が担当しました。

Il est même arrivé que plusieurs bijoux de famille soient vendus.

家宝のさまざまな品々が売られることもあった。

Des bijoux que les femmes avaient portés avec joie lors des festivités.

女性たちが祝賀会の際に喜んで身につけていた宝石。

Gregor a appris cela lors d'une discussion générale.

グレゴールは一般的な議論の1つからこれを知りました。

Le principal grief, cependant, portait sur autre chose.

しかし、最大の不満は別の点でした。

L'appartement était trop grand, mais ils ne pouvaient pas déménager.

アパートは大きすぎたが、彼らは引っ越すことができなかっ
た。

Il était impossible de déplacer Gregor.
グレゴールを移住させることは不可能だった。

**Mais Gregor comprit que ce n'était pas seulement une
question de considération.**
しかしグレゴールは、それが単なる配慮ではないことに気づ
いた。

**Quelque chose d'autre les a empêchés de déménager
ailleurs.**
何か他のものが、彼らがどこか別の場所へ移動することを阻
止した。

**Il aurait facilement pu être transporté dans une caisse
appropriée.**
適切な箱に入れて簡単に輸送できたはずです。

Leur sentiment de désespoir total les a paralysés.
完全な絶望感によって彼らは立ち止まった。

**Ils ne voulaient pas admettre que le malheur les avait
frappés.**
彼らは不幸が自分たちに襲いかかったことを認めたくなかっ
た。

Ils ont accompli ce que le monde exige des pauvres.
世界が貧しい人々に要求していることを彼らは満たした。

**Le père a apporté le petit déjeuner au jeune employé de
banque.**
父親は小さな銀行員のために朝食を持ってきた。

La mère s'est sacrifiée pour laver le linge d'inconnus.
母親は他人の洗濯のために自分を犠牲にした。

**La sœur faisait des allers-retours pour prendre les
commandes des clients.**
姉は客の注文のためにあちこち走り回っていた。

Mais ils n'avaient tout simplement plus la force d'en faire plus.

しかし、彼らにはそれ以上のことをする力が残っていなかったのです。

La blessure dans le dos de Gregor commença à le faire encore plus souffrir.

グレゴールの背中の傷はさらに痛み始めた。

Chaque soir, la mère et la sœur amenaient le père au lit.

毎晩、母と妹が父親をベッドに連れて行きました。

Ils laissèrent leur travail où il était et s'assirent ensemble.

彼らは仕事をそのままにして、一緒に座りました。

Ils se rapprochèrent et s'assirent joue contre joue.

そして彼らはさらに近づき、頬を寄せ合って座りました。

La mère désigna la pièce d'où il observait.

母親は彼が見ていた部屋を指さした。

« Pourriez-vous fermer la porte ? » demanda-t-elle à sa sœur.

「ドアを閉めてもらえますか」と彼女は妹に尋ねた。

Et Gregor se retrouva de nouveau seul dans le noir.

そしてグレゴールは再び暗闇の中に一人残されました。

Et dans la pièce voisine, la femme mêla leurs larmes.

そして隣の部屋で、その女性は二人の涙を混ぜ合わせた。

Ou bien ils restaient assis, les yeux secs, fixant simplement la table.

あるいは、涙も流さずにただテーブルを見つめて座っていた。

Gregor ne dormait pratiquement pas, ni la nuit ni le jour.

グレゴールは夜も昼もほとんど眠らなかった。

Il réfléchissait souvent à la façon dont il pourrait aider sa famille.

彼はどうすれば家族を助けることができるかを頻繁に考えていた。

Il songea à gagner à nouveau de l'argent pour eux.

彼は彼らのためにもう一度お金を稼ぐことを考えた。

Il songea à faire ce qu'il faisait autrefois pour eux.

彼は以前彼らのためにしていたことをやろうと考えた。

Le représentant autorisé lui revint dans ses pensées.

彼の考えの中に、代表者が戻ってきた。

Et cette fois, le patron est également venu à l'appartement.

そして今度は上司もアパートに来ました。

Et les commis et les apprentis étaient là aussi.

店員や見習いたちもそこにいました。

Même le domestique un peu simplet est venu le voir.

鈍い事務員も彼に会いに来た。

Il y avait deux ou trois amis d'autres entreprises.

他の業界の友人も2、3人いました。

Une des femmes de chambre d'un hôtel de province.

地方のホテルで働くメイドの一人。

Un souvenir précieux et fugace auquel il s'efforçait de s'accrocher.

彼が大切でつかの間の思い出を守ろうとした。

Une caissière d'une chapellerie pour laquelle il avait des intentions.

彼が好意を抱いていた帽子店のレジ係。

Mais il avait été un peu trop lent à obtenir son approbation.

しかし、彼女の承認を得るには、彼は少し遅すぎた。

Ils lui apparurent tous, mêlés à des inconnus.

彼ら全員が、見知らぬ人々と混じって彼の思考の中に現れた
。

Et d'autres n'apparurent pas ; ils étaient déjà oubliés.

そして、他のものは現れず、すでに忘れ去られていました。

Mais ils ne l'ont pas aidé, ni lui, ni sa famille.

しかし彼らは彼を助けず、その家族も助けなかった。

Ils étaient inaccessibles, et il était content quand ils sont partis.

彼らは近づきがたい存在だったので、彼らが去ったとき彼は嬉しかった。

Il n'était pas toujours d'humeur à se soucier de sa famille.

彼はいつも家族のことを心配する気分ではなかった。

Et il était rempli de rage à cause de ce manque d'attention.

そして彼は注目されないことに激怒した。

Et il ne pouvait imaginer rien qui puisse lui faire envie.

そして彼は自分が食べたいものを何も想像できなかった。

Mais il avait tout de même prévu de cambrioler le garde-manger.

しかし、彼はまだ食料貯蔵室に侵入する計画を立てていました。

Et il allait prendre tout ce qui lui était dû.

そして彼は、自分が当然得るべきものをすべて受け取るつもりだった。

Sa sœur ne faisait plus aucun effort particulier pour lui.

妹はもう彼のために特別な努力をしなくなった。

Elle ne consacrait plus de temps à chercher à lui plaire.

彼女はもう彼を喜ばせることについて考える時間を費やさなくなった。

Avant d'aller travailler, elle a rapidement glissé de la nourriture dans la pièce.

仕事の前に彼女は急いで食べ物を部屋に運び込んだ。

Et le soir venu, elle a rapidement ramassé les restes.

そして夕方になると、彼女はまた急いで食べ物を掃き集めました。

Elle ne faisait plus attention à savoir s'il avait mangé ou non.

彼が食べたかどうかは、彼女はもう気にしなかった。

Le plus souvent, la nourriture restait intacte.

今では食べ物がそのまま残されることがほとんどです。

Elle continuait de traverser la pièce rapidement le soir.

彼女は夕方になると相変わらず部屋中を素早く掃除した。

Mais maintenant, elle se contentait du strict minimum, aussi vite que possible.

しかし今、彼女はできるだけ早く、最低限のことをしました。

Des traînées de saleté jonchaient les murs.

壁に沿って汚れの筋が残っていました。

Des boules de poussière et de détritus jonchaient le sol.

ほこりやゴミの塊が床に放置されていました。

Gregor manifesta son désapprobation face à son manque d'attention.

グレゴールは彼女の無関心に対して不満を示した。

Il se tourna selon un angle particulièrement significatif.

彼は特に大きな角度で体を回転させた。

Mais il aurait pu rester à ce poste pendant des semaines.

しかし、彼は何週間もその地位に留まることができたはずだ。

Sa sœur n'aurait pas remarqué son mécontentement.

彼の妹は彼の不満に気づかなかっただろう。

Elle voyait la saleté aussi bien que lui, voire mieux.

彼女は彼と同じくらい、いや、それ以上に汚れをよく見ていた。

Mais elle avait décidé de laisser la saleté où elle était.

しかし彼女は、土をそのままにしておくことに決めました。

À cette époque, elle a développé une sensibilité totalement nouvelle.

その時彼女は全く新しい感性を身につけた。

Elle s'était donné pour mission de nettoyer la chambre de Gregor.

彼女はグレゴールの部屋の掃除を自分の仕事にしていた。

La famille a été touchée par sa gentillesse et sa prévenance.

家族は彼女の優しい心遣いに感動した。

Une fois, sa mère avait nettoyé sa chambre de fond en comble.

一度、母親が息子の部屋を徹底的に掃除したことがありました。

Ce n'est qu'après avoir utilisé plusieurs seaux d'eau qu'elle a réussi.

彼女は数杯の水を使ってようやく成功した。

Cependant, l'humidité nouvelle dans la pièce a nui à Gregor.

しかし、部屋の新たな湿気はグレゴールに悪影響を及ぼした。

Et il gisait, étendu de tout son long, amer et immobile sur le canapé.

そして彼はソファの上に、苦々しい表情でじっと横たわっていた。

Mais ce n'était que sa première punition pour avoir aidé.

しかし、それは彼女を助けたことに対する最初の罰に過ぎませんでした。

La sœur remarqua rapidement le changement dans la chambre de Gregor.

妹はすぐにグレゴールの部屋の変化に気づいた。

Et elle s'est précipitée dans le salon, extrêmement insultée.

そして彼女はひどく侮辱された気分でリビングルームに走って行きました。

Sa mère leva les mains et tenta de la supplier.

母親は両手を挙げて、彼女に懇願しようとした。

Mais malgré une explication sincère, elle a éclaté en sanglots.

しかし、誠実に説明したにもかかわらず、彼女は泣き出して
しまった。

Le père, bien sûr, sursauta et se leva de sa chaise.
父親は当然ながら驚いて椅子から飛び上がってしまいました
。

Et les deux parents regardaient, stupéfaits et impuissants.
両親は驚きと無力感に襲われながらそれを見ていました。

Et finalement, leurs émotions s'agitèrent elles aussi.
そしてついには彼らの感情も動揺してしまいました。

Le père a reproché à la mère ce qu'elle avait fait.
父親は母親の行為を非難した。

**« Tu aurais dû laisser la chambre à Grete pour qu'elle la
nettoie. »**
「グレーテが掃除できるように部屋を空けておくべきだった
よ。」

**Grete a crié sur sa mère parce qu'elle avait nettoyé sa
chambre.**
グレーテは自分の部屋を掃除した母親に怒鳴りました。

«Tu n'as plus jamais le droit de nettoyer sa chambre !»
「二度と彼の部屋を掃除することは許されないぞ！」

La mère a essayé d'entraîner le père dans la chambre.
母親は父親を寝室に引きずり込もうとした。

La sœur resta seule dans la pièce, tremblante et sanglotant.
妹は震えながら泣きながら部屋に残された。

Et elle frappa la table avec ses petits poings.
そして彼女は小さな拳でテーブルを叩きました。

Et Gregor siffla bruyamment de colère contre eux tous.
そしてグレゴールは彼ら全員に向かって怒って大声でシュー
ッと言った。

Pourquoi personne n'avait-il pensé à lui fermer la porte ?

なぜ誰も彼のためにドアを閉めることを考えなかったのでし
ょうか?

Ils auraient pu lui épargner ce spectacle et ce bruit.
彼らは彼にこの光景と騒音を見せないようにできたはずだ。

Sa sœur était épuisée après être rentrée du travail.
妹は仕事から帰宅後、疲れきっていた。

**Et s'occuper de Gregor représentait encore plus de travail
pour elle.**
そしてグレゴールの世話をするのは彼女にとってさらに大変
な仕事だった。

Mais cela ne signifie pas que la mère aurait dû le faire.
しかし、だからといって母親がそうすべきだったというわけ
ではない。

Gregor, en revanche, ne doit pas être négligé.
一方、グレゴールを無視すべきではない。

**Mais maintenant, ils avaient une nouvelle bonne qui
pouvait faire ce genre de choses.**
しかし今、彼らにはそのようなことができる新しいメイドが
いたのです。

Une veuve âgée à la charpente osseuse robuste.
がっしりとした骨格を持つ年老いた未亡人。

Une stature qui l'a aidée à survivre à sa vie difficile.
その地位が、彼女の困難な人生を生き抜く助けとなった。

L'apparence de Gregor ne lui déplaisait pas vraiment.
彼女はグレゴールの外見に対して特に嫌悪感を抱いていなか
った。

**Elle avait ouvert la porte de la chambre de Gregor par
inadvertance.**
彼女は誤ってグレゴールの部屋のドアを開けてしまった。

Ce n'était pas par curiosité particulière à propos de la pièce.

それはその部屋に対する特別な好奇心からではありませんでした。

Elle faisait simplement son travail et a ouvert la porte par hasard.

彼女はただ仕事をしていたのですが、たまたまドアを開けてしまったのです。

Gregor, bien sûr, fut complètement surpris par elle.

もちろん、グレゴールは彼女に完全に驚かされました。

Il n'était pas poursuivi, mais il courait d'avant en arrière.

追いかけられてはいなかったが、彼は行ったり来たり走り回っていた。

Elle croisa simplement les bras et le regarda ramper.

そして彼女はただ腕を組んで、彼が這うのを見守っていました。

Depuis lors, elle lui entrouvrait toujours un peu la porte.

それ以来、彼女はいつも彼のために少しだけドアを開けてくれました。

Un matin, elle a jeté un coup d'œil pour voir comment il allait.

ある日の朝、彼女は彼の様子を見るために部屋を覗いた。

Et le soir, elle est allée prendre de ses nouvelles avant de partir.

そして夕方、彼女は出発する前に彼の様子を確認した。

Au début, elle a aussi essayé de l'appeler pour qu'il vienne la rejoindre.

最初、彼女も彼に自分のところに来るように呼びかけようとしました。

« Viens par ici, vieux bousier ! » disait-elle.

「こっちへおいで、年老いたフンコロガシ！」と彼女はよく言っていました。

Ou bien elle disait, amicalement : « Regardez ce vieux bousier ! »

あるいは、彼女は「古いフンコロガシを見て！」と親しみを込めて言いました。

Gregor n'a jamais réagi lorsqu'on lui parlait de cette façon.

グレゴールは、そのように話しかけられても決して反応しなかった。

Il resta là, immobile, et l'ignora.

彼は動かずにそこに立ち、彼女を無視した。

« Si seulement on lui avait expliqué comment faire correctement son travail. »

「彼女が仕事の正しいやり方を教えられていればよかったのに。」

« Au lieu de me déranger, elle devrait nettoyer ma chambre. »

「彼女は私に迷惑をかける代わりに私の部屋を掃除するべきだ。」

Tôt le matin, une forte pluie a frappé les fenêtres.

ある日の早朝、激しい雨が窓を叩きました。

Peut-être la pluie était-elle déjà un signe du printemps à venir.

もしかしたら、その雨はすでに春の到来を告げていたのかもしれない。

La bonne recommença à lui parler de cette façon.

メイドはまた同じように彼に話しかけ始めた。

Gregor était tellement amer qu'il se tourna vers elle.

グレゴールは非常に憤慨したので彼女の方を向いた。

Il était lent et infirme, mais c'était une sorte d'attaque.

彼は動きが鈍く、虚弱だったが、それは一種の攻撃だった。

La bonne, en revanche, n'avait absolument pas peur de Gregor.

しかしながら、メイドはグレゴールをまったく恐れていなかった。

Au lieu de cela, elle souleva une chaise qui se trouvait près de la porte.

代わりに、彼女はドアの近くにあった椅子を持ち上げました。

Et elle resta là, calmement, la bouche grande ouverte.

そして彼女は口を大きく開けたまま、静かにそこに立っていました。

Ses intentions étaient claires, même Gregor pouvait le voir.

彼女の意図は明らかで、グレゴールにもそれが分かった。

Et il se retourna lentement pour reprendre sa position initiale.

そして彼はゆっくりと元の位置に戻りました。

« Donc vous ne voulez pas vous approcher davantage, n'est-ce pas ? »

「じゃあ、もう近づきたくないんだね？」

Et elle remit discrètement la chaise dans le coin.

そして彼女は静かに椅子を隅に戻しました。

Gregor ne mangeait presque plus rien.

グレゴールはもうほとんど何も食べなくなっていた。

Parfois, lors de ses promenades dans la pièce, il s'arrêtait.

時々、部屋の中を歩き回っていると、彼は立ち止まりました。

Et il se retrouva à côté du repas qui lui avait été préparé.

そして彼は、自分のために用意された食べ物の隣に立っていることに気づいた。

Il mit la nourriture dans sa bouche, mais seulement pour jouer avec.

彼は食べ物を口に入れましたが、それはただ遊ぶためだけでした。

Et bien souvent, il le recrachait quelques heures plus tard.

そして、数時間後にまた吐き出すこともよくありました。

Il essaya de trouver une raison à son manque d'appétit.

彼は食欲不振の原因を見つけようとした。

Peut-être parce qu'il était triste de l'état de sa chambre.

おそらく彼は自分の部屋の状態に悲しさを感じていたからでしょう。

Mais il s'était fait à l'idée des changements survenus dans la pièce.

しかし彼は部屋の変化を受け入れていた。

Récemment, sa chambre était devenue une sorte de débarras.

最近彼の部屋は一種の物置のようになっていた。

Ils avaient pris l'habitude de laisser des choses là.

彼らはそこに物を置いておく習慣がついていた。

Et il restait maintenant beaucoup de choses de ce genre dans sa chambre.

そして今では彼の部屋にはそういったものがたくさん残っていた。

Parce qu'une chambre de l'appartement avait été louée.

アパートの一室が貸し出されていたからです。

Trois messieurs sérieux louaient la chambre ensemble.

真面目な紳士三人が一緒に部屋を借りていました。

Gregor les avait aperçus un jour à travers une fente dans la porte.

グレゴールはかつてドアの隙間から彼らに気づいたことがある。

Ils portaient des barbes fournies et étaient habillés avec un soin méticuleux.

彼らは豊かなあごひげを生やし、きちんとした服装をしていた。

Ils étaient scrupuleux quant à la propreté des lieux.

彼らはすべてをきちんと整頓しておくことに細心の注意を払っていた。

Leur obsession pour la propreté ne s'arrêtait pas à leur chambre.

彼らのきれいさへのこだわりは部屋だけに留まらなかった。

L'appartement entier devait être maintenu d'une propreté impeccable.

アパート全体を完璧に清潔に保たなければなりませんでした。

Ils étaient encore plus pointilleux sur l'apparence de la cuisine.

彼らはキッチンの見た目についてさらにこだわりを持っていました。

Et ils ne supportaient aucun encombrement inutile.

そして彼らは不必要な乱雑さを許容することができませんでした。

Ils avaient également apporté leurs propres meubles.

彼らは自分たちの家具も持参していました。

C'est pourquoi beaucoup de choses étaient devenues superflues.

このため、多くのものが不要になってしまいました。

C'étaient des choses pour lesquelles personne n'aurait payé.

それらは誰もお金を払おうとしないものでした。

Mais la famille ne voulait pas non plus se débarrasser de ces objets.

しかし、家族もこれらのものを捨てたくありませんでした。

Tous ces objets ont fini quelque part dans la chambre de Gregor.

これらすべてはグレゴールの部屋のどこかにありました。

Le cendrier de la cuisine se trouvait désormais dans sa chambre.

台所の灰箱は今、彼の部屋に保管されていました。

Et les ordures étaient entreposées dans sa chambre jusqu'au jour de la collecte.

そしてゴミはゴミの日まで彼の部屋に保管されていました。

La bonne a jeté dans sa chambre tout ce dont elle n'avait pas besoin.

メイドは必要のないものはすべて彼の部屋に投げ込んだ。

Heureusement, il n'a vu que la main et l'objet.

幸いなことに、彼は手と品物以外は何も見ませんでした。

Elle comptait probablement revenir chercher les affaires plus tard.

彼女はおそらく後で物を取りに戻ってくるつもりだったのでしょう。

Ou peut-être voulait-elle tout jeter d'un coup.

あるいは、すべてを一気に捨て去りたかったのかもしれません。

Cependant, tout est resté là où il s'était initialement posé.

しかし、すべては最初に着陸した場所にそのまま残りました。

À moins que Gregor n'ait déplacé les débris en se faufilant à travers.

グレゴールが身をよじってそのゴミを移動させない限りは。

Au début, il a été obligé de ramper à travers tous les détritus.

最初、彼はあらゆるゴミの中を這って進まざるを得ませんでした。

Il lui était impossible d'éviter cela.

彼がそうすることを避けることは不可能だった。

Mais plus tard, il a finalement trouvé du plaisir dans cette activité.

しかし後に彼は実際にこの活動に喜びを見出しました。

Bien que ces efforts l'aient laissé triste et profondément fatigué.

しかし、そのような努力は彼に悲しみと深い疲労を残しました。

Et ensuite, il est resté incapable de bouger pendant de nombreuses heures.

そしてその後、彼は何時間も動けなくなってしまいました。

Les locataires prenaient parfois leurs repas dans le salon.

下宿人たちは時々リビングルームで食事をとることもあった。

La porte du salon restait fermée ces soirs-là.

その夜、リビングルームのドアは閉まったままでした。

Mais Gregor n'avait aucune difficulté à ne pas ouvrir la porte à présent.

しかしグレゴールは今ドアを開けないことに何の困難も感じなかった。

Même lorsque la porte était ouverte, il ne regardait pas toujours dehors.

ドアが開いているときでも、彼は必ずしも外を見ているわけではありませんでした。

Mais il s'allongea dans le coin le plus sombre de la pièce.

しかし彼は部屋の最も暗い隅に横たわった。

La famille n'a pas non plus remarqué son manque d'attention.

家族も彼の不注意に気づかなかった。

Mais une fois, la bonne a laissé la porte ouverte.

しかし、メイドさんがドアを開けたままにしていたことが一度ありました。

La porte est restée ouverte même au retour des locataires.

下宿人が戻った後もドアは開いたままだった。

Et la porte était ouverte quand la lumière a été allumée.

そして、電気がついたとき、ドアは開いていました。

L'homme était assis à la table où la famille dînait.

その男は家族が夕食をとっていたテーブルに座った。

Autrefois, père, mère et Gregor étaient assis là.

昔、父、母、そしてグレゴールがそこに座っていました。

Ils déplièrent les serviettes et prirent des couteaux et des fourchettes.

彼らはナプキンを広げ、ナイフとフォークを取りました。

La mère apparut sur le seuil avec un bol de viande.

母親が肉の入ったボウルを持って戸口に現れた。

Puis sa sœur est entrée avec un bol plein de pommes de terre.

すると、姉がジャガイモがいっぱい入ったボウルを持って入ってきました。

Les locataires se penchèrent sur les bols placés devant eux.

下宿人たちは目の前に置かれたボウルにかがみ込んだ。

L'épaisse fumée des aliments leur montait jusqu'au nez.

食べ物の濃い煙が彼らの鼻まで上がってきた。

Mais ils n'avaient pas encore décidé s'ils allaient manger.

しかし、彼らはその食べ物を食べるかどうかまだ決めていませんでした。

Peut-être renverraient-ils le plat en cuisine.

おそらく彼らは食事をキッチンに送り返すでしょう。

L'homme assis au milieu semblait être l'autorité.

真ん中に座っていた男が権威者のようだった。

Il a coupé la viande pour déterminer si elle était suffisamment tendre.

彼は肉が十分柔らかいかどうかを確認するために肉を切った
。

Il était satisfait de l'odeur et de l'apparence des aliments.

彼は食べ物の匂いと見た目に満足した。

La mère et la sœur les observaient avec anxiété.

母親と妹は心配そうに彼らを見守っていた。

Et ils commencèrent à sourire, poussant un soupir de soulagement accumulé.

そして彼らは、蓄積された安堵のため息をつきながら微笑み始めた。

La famille allait elle-même manger dans la cuisine.

家族自身はキッチンで食事をするつもりでした。

Mais avant cela, le père alla voir comment allaient les locataires.

しかし、まず父親は下宿人たちの様子を確認しに行きました
。

Il s'inclina une fois, tenant sa casquette de travail à la main.

彼は仕事用の帽子を手に持ち、一度お辞儀をした。

Et il fit le tour de la table, saluant chaque invité.

そして彼はテーブルの周りを一周して、それぞれの客のところへ行きました

Les locataires se levèrent tous en marmonnant dans leur barbe.

下宿人たちは全員立ち上がり、ひげに顔を近づけてぶつぶつ言った。

Après son départ, ils mangèrent dans un silence presque complet.

彼が去った後、彼らはほとんど沈黙して食事をした。

Gregor trouvait étrange d'entendre des bruits de mastication.

グレゴールにとって、咀嚼音が聞こえるのは奇妙に思えた。

Aucun autre aspect du repas ne semblait produire le moindre son.

食事の他の部分では、音は出ないようでした。

Mais il pouvait distinctement entendre des dents grincer.

しかし、彼は歯ぎしりの音をはっきりと聞くことができました。

Ils semblaient lui dire qu'il avait besoin de dents pour manger.

食べるためには歯が必要だと言っているようでした。

« On ne peut rien faire si on n'a plus de dents dans la mâchoire. »

「あごに歯がなければ何もできない。」

« J'aimerais manger quelque chose », dit Gregor avec anxiété.

「何か食べたいな」とグレゴールは心配そうに言った。

« Mais je n'ai aucun appétit pour ce que vous mangez tous. »

「でも、皆さんが食べているものには、私は食欲がありません。」

« Regardez ces locataires manger, et moi je meurs de faim. »

「この下宿人たちが食べているのを見てよ、私は飢えているのに。」

Ce soir-là, Gregor pensait justement au violon.

グレゴールはその晩、ふとバイオリンのことを考えた。

Il n'avait plus entendu le violon depuis la transformation.

彼は変身以来バイオリンの音を聞いていなかった。

Mais ce soir-là, un bruit est venu de la cuisine.

ところが、その晩、キッチンから音が聞こえた。

Les messieurs avaient déjà terminé leur repas du soir.

紳士たちはすでに夕食を終えていました。

L'homme du milieu avait commencé à lire un journal.

真ん中の紳士は新聞を読み始めていた。

Il avait donné une feuille à chacun des deux autres messieurs.

彼は他の二人の紳士にそれぞれ一枚ずつシーツを渡していた。

Et maintenant, ils étaient affalés en arrière, en train de lire et de fumer.

そして今、彼らは背もたれにもたれながら本を読んだりタバコを吸ったりしていた。

Lorsque le violon commença à jouer, ils devinrent attentifs.

バイオリンが演奏し始めると、彼らは注目するようになりました。

Ils se levèrent et marchèrent sur la pointe des pieds jusqu'à la porte de l'antichambre.

彼らは立ち上がり、つま先立ちで控え室のドアまで歩いた。

Ils se tenaient là, blottis les uns contre les autres, écoutant à la porte.

そこで彼らは身を寄せ合い、ドアのところで耳を澄ませていた。

La famille a dû entendre les hommes qui étaient dans la cuisine.

家族は台所から男たちの声を聞いたに違いない。

Car le père les appela et leur demanda :

父親が彼らに呼びかけて尋ねたからです。

« Le violon ne serait-il pas inconfortable pour ces messieurs ? »

「ヴァイオリンは紳士には不向きでしょうか？」

« Si la musique ne vous plaît pas, on peut s'arrêter immédiatement. »

「音楽が気に入らなかったら、すぐにやめてください。」

« Au contraire », dit celui du milieu des messieurs.

「その逆だ」と紳士の真ん中の者が言った。

« La jeune fille aimerait-elle jouer du violon dans notre chambre ? »

「お嬢様は私たちの部屋でバイオリンを弾いてみませんか？」

« C'est nettement plus confortable et chaleureux ici. »

「ここは間違いなくずっと快適で居心地が良いです。」

Le père répondit comme s'il était lui-même le violoniste.

父親はまるで自分がバイオリニストであるかのように答えた。

« Oh, je vous en prie, ce serait merveilleux », s'écria le père.

「ああ、どうか、それは素晴らしいことだ」と父親は叫んだ。

Les messieurs retournèrent au salon et attendirent.

紳士たちはリビングルームに戻って待った。

Peu après, le père entra dans la pièce avec le pupitre.

やがて父親が譜面台を持って部屋に入ってきた。

La mère entra dans la pièce avec le livre de musique.

母親が楽譜を持って部屋に入ってきた。

Et la sœur entra dans la pièce avec le violon.

そして妹がバイオリンを持って部屋に入ってきた。

Elle a calmement tout préparé pour jouer du violon.

彼女は落ち着いてバイオリンを演奏する準備を整えた。

Les parents exagéraient leur politesse et leurs bonnes manières.

両親は礼儀正しさやマナーを誇張していた。

Ils n'avaient jamais loué de chambres à des locataires auparavant.

彼らはこれまで下宿人に部屋を貸したことがなかった。

Et ils n'osaient même pas s'asseoir sur leurs propres chaises.

そして彼らは自分の椅子に座ることさえしませんでした。

Au lieu de s'asseoir, le père s'appuya contre la porte.

父親は座る代わりにドアに寄りかかった。

Sa main droite était coincée entre deux boutons de son manteau.

彼の右手はコートの二つのボタンの間にあった。

Un monsieur a toutefois offert une chaise à la mère.

しかし、ある男性は母親に椅子を勧めました。

Mais elle s'assit là où le monsieur avait placé la chaise.

しかし彼女は紳士が椅子を置いた場所に座った。

Et il n'avait pas placé la chaise à un endroit précis.

そして彼は椅子を特にどこかに置いていませんでした。

La mère s'assit donc à l'écart de tout le monde, dans un coin.

それで母親はみんなから離れて隅っこに座りました。

Et finalement, la sœur s'est mise à jouer du violon.

そしてついに妹はバイオリンを弾き始めました。

Les parents, placés de part et d'autre, suivaient attentivement.

反対側にいた両親は、熱心に耳を傾けていました。

Et ils observaient attentivement chacun des mouvements de sa main.

そして彼らは彼女の手の動きを一つ一つ注意深く観察しました。

Gregor était également attiré par le jeu du violon.

グレゴールはバイオリンの演奏にも魅了されました。

Et il s'aventura un peu plus loin hors de sa chambre.

そして彼は部屋から少し外に出て行きました。

Il avait déjà la tête dans le salon.

彼はすでにリビングルームの中に頭を入れていました。

Il était très fier d'être très attentionné.

彼はとても思いやりがあることをとても誇りに思っていた。

Mais récemment, il ne remettait guère en question son manque d'attention.

しかし、最近彼は自分の不注意をほとんど疑わなくなった。

Même s'il avait maintenant plus de raisons de se cacher qu'auparavant.

以前よりも隠れる理由が増えたにもかかわらず。

Parce que sa chambre était recouverte de poussière et de saletés diverses.

なぜなら彼の部屋は埃やさまざまな汚れで覆われていたからです。

Le moindre mouvement soulevait toutes sortes d'immondices.

ほんの少しの動きでも、あらゆる種類の汚物が舞い上がりました。

Toute cette saleté lui collait à la peau : poussière, cheveux, restes de nourriture.

ほこり、髪の毛、食べ物の残骸など、あらゆる汚れが彼に付着していました。

Il aurait pu frotter la saleté contre le tapis.

彼はカーペットで汚れをこすり落とすこともできたでしょう。

C'était quelque chose qu'il faisait plusieurs fois par jour.

これは彼が毎日何度もやっていたことでした。

Mais son indifférence à tout était bien trop grande.

しかし、あらゆることに対する彼の無関心はあまりにも大きすぎた。

Il n'avait donc pas peur d'aller un peu plus loin.

だから彼はもう少し前進することを恐れなかった。

Et il s'est installé sur le sol impeccable du salon.

そして彼はリビングルームの清潔な床に移動した。

Cependant, personne ne l'a remarqué, ni ne lui a prêté attention.

しかし、誰も彼に気づかず、注意も払わなかった。

La famille était complètement absorbée par le concert.

家族はコンサートに完全に夢中になった。

Les messieurs, quant à eux, ont d'abord battu en retraite.

一方、紳士たちは当初は撤退した。

Et ils se tenaient tout près, derrière le pupitre de la sœur.

そして彼らは姉の譜面台のすぐ後ろに立った。

S'ils avaient regardé, ils auraient pu voir les notes de musique.

もし彼らがよく見ていれば、音符が見えたかもしれないのに。

Cela aurait évidemment perturbé la sœur.

もちろん、これは妹を不安にさせたであろう。

Alors, au lieu de s'asseoir, ils restèrent debout près de la fenêtre.

それから彼らは座るのではなく、窓のそばに立っていました。

Les mains dans les poches, ils continuaient à parler.

彼らはポケットに手を入れたまま話し続けた。

Ils restèrent là tandis que le père les observait avec anxiété.

父親が心配そうに見守る中、彼らはそこに留まりました。

On avait l'impression qu'ils avaient d'autres attentes.

彼らには別の期待があるような印象を受けた。

Et il semblait vraiment qu'ils avaient été déçus.

そして、彼らは本当にがっかりしたようでした。

Il semblait qu'ils en avaient assez du spectacle.

彼らはそのパフォーマンスに飽きたようだった。

Ils avaient laissé le violon troubler leur tranquillité.

彼らはバイオリンが彼らの平穏を乱すのを許していた。

Et ils ne toléraient la musique que par politesse.

そして彼らは礼儀として音楽を許容しただけだった。

La façon dont ils ont dissipé la fumée était particulièrement troublante.

彼らがどうやって煙を吹き飛ばすのかは特に不安を覚えた。

Et pourtant, elle jouait du violon avec une telle beauté.

それでも彼女はバイオリンをとても美しく弾いていました。

Son visage était légèrement incliné sur le côté, sur le violon.

彼女の顔はバイオリンの上でゆっくりと横に傾いていた。

Son regard parcourait tristement les lignes de la musique.

彼女の目は音楽のラインに沿って悲しそうに見つめていた。

Gregor se sentait un peu plus attiré par le salon.

グレゴールはリビングルームに少し引き込まれているように感じた。

Il gardait la tête près du sol, mais regardait vers le haut.

彼は頭を地面に近づけたまま、上を見上げていた。

Peut-être que de cette façon, le regard de sa sœur croiserait le sien.

そうすれば妹の視線が彼と合うかもしれない。

Peut-on vraiment dire qu'il n'était qu'un animal ?

彼は本当にただの動物だったと言えるのでしょうか？

Était-il un animal si la musique pouvait le captiver à ce point ?

音楽が彼をそこまで魅了できるのなら、彼は動物だったのだろうか？

Il avait l'impression qu'on lui montrait un chemin vers une nourriture inconnue.

まるで未知の栄養への道を示されたかのようでした。

C'était peut-être là le réconfort qui lui manquait.

おそらくこれが彼が失っていた糧だったのだろう。

Il était déterminé à rejoindre sa sœur.

彼は妹のところへ向かう決心をした。

Il avait envie de tirer sur sa jupe pour attirer son attention.

彼は彼女の注意を引くためにスカートを引っ張ろうとした。

Il voulait lui faire comprendre qu'il l'invitait.

彼は彼女に招待の兆しを与えたかった。

« Viens jouer du violon dans ma chambre », aurait-il voulu dire.

「僕の部屋に来てバイオリンを弾いてくれ」と彼は言いたかった。

Il souhaitait qu'elle soit récompensée pour sa magnifique musique.

彼は彼女の美しい音楽に報いてほしいと思った。

« Personne ici ne te récompense pour jouer du violon. »

「ここでは誰もバイオリンを弾いても報酬をくれません。」

Il ne voulait plus la laisser sortir de sa chambre.

彼はもう彼女を部屋から出させたくなかった。

Il voulait qu'elle reste avec lui aussi longtemps qu'il vivrait.

彼は自分が生きている限り彼女が一緒にいてくれることを望んだ。

Pour la première fois, sa transformation eut un avantage.

彼の変身は初めて利益をもたらした。

Sa difformité allait enfin lui être utile.

彼の障害は、最終的には彼にとって役に立つことになるだろう。

Il voulait être présent simultanément aux quatre portes.

彼は同時に4つのドアすべてにいたかったのです。

Il avait envie de les siffler et de leur cracher dessus de tous les côtés.

彼はあらゆる角度から彼らに向かってシューッという音を立てて唾を吐きかけたかった。

Sa sœur ne devrait pas être forcée de rester avec lui.

彼の妹は彼と一緒にいることを強制されるべきではない。

Il voulait qu'elle choisisse volontairement de rester avec lui.

彼は彼女が自発的に彼と一緒にいることを選んでほしいと考えていた。

Elle allait s'asseoir à côté de lui et se pencher vers lui.
彼女は彼の隣に座り、彼に寄りかかるつもりだった。

Et il allait lui parler de l'école de musique.
そして彼は彼女に音楽学校のことを話そうとしていました。

Il avait la ferme intention de l'envoyer à l'académie.
彼は彼女をアカデミーに送るという固い意志を持っていた。

Il en aurait parlé à tout le monde à Noël dernier.
彼は去年のクリスマスにこのことをみんなに話していただろう。

Noël était-il déjà passé ?
クリスマスは本当にもう終わってしまったのだろうか？

Et il n'aurait laissé personne le dissuader.
そして彼は誰にもそれを思いとどまらせようとしなかっただろう。

Mais un accident malheureux a tout arrêté.
しかしその後、不幸な事故が起こり、すべてが停止してしまいました。

La sœur aurait été submergée par l'émotion.
妹は感極まって圧倒されたことでしょう。

Et Gregor aurait alors grimpé jusqu'à son épaule.
そしてグレゴールは彼女の肩に登ったであろう。

Et il l'aurait réconfortée en l'embrassant dans le cou.
そして彼は彼女の首にキスをして慰めたことでしょう。

« Monsieur Samsa ! » appela l'homme au milieu au père.
「ザムザさん！」真ん中の男が父親に呼びかけました。

Il pointait Gregor du doigt.
彼は人差し指を下に向けてグレゴールを指差していた。

Gregor traversait lentement le salon.

グレゴールはリビングルームの床をゆっくりと移動していた
。

Le jeu du violon s'est très vite tu.
バイオリンの演奏はすぐに静かになった。
Celui du milieu sourit à ses amis.
3人の男のうち真ん中の男が友人たちに微笑みかけた。
Puis il secoua la tête et regarda Gregor.
それから彼は首を振り、グレゴールのほうを振り返った。
Le père aurait pu forcer Gregor à retourner dans sa chambre.
父親はグレゴールを強制的に部屋に戻すこともできたはずだ
。
**Mais ce n'était pas la première action qu'il décida
d'entreprendre.**
しかし、それは彼が最初に決めた行動ではありませんでした
。
Il estimait qu'il était plus important de calmer ces messieurs.
彼は紳士たちを落ち着かせることの方が重要だと考えた。
Bien qu'ils ne fussent pas vraiment contrariés par Gregor.
彼らはグレゴールに対してまったく動揺していなかったのだ
が。
Gregor semblait plus divertissant que le jeu de violon.
グレゴールはバイオリンの演奏よりも面白そうだった。
Il s'est précipité vers eux, les bras tendus.
彼は両腕を広げて彼らのところへ駆け寄った。
Il faisait de son mieux pour leur cacher la vue de Gregor.
彼はグレゴールに対する彼らの見解を隠そうと全力を尽くし
ていた。
Et il a essayé de les faire retourner dans leur chambre.
そして彼は彼らを部屋に戻るように促そうとした。
Au contraire, cela les a un peu agacés.

どちらかといえば、これは彼らを実際に少しイライラさせました。

Mais il était difficile de dire exactement ce qui les agaçait.

しかし、何が彼らを苛立たせているのかを正確に言うのは困難でした。

Le père gâchait le divertissement de la soirée.

父親は夜の楽しみを台無しにしていた。

Mais ils venaient aussi d'apprendre l'existence de leur nouveau colocataire.

しかし、彼らは新しいルームメイトの存在もちょうど知ったばかりだった。

Ils levèrent les mains comme l'avait fait leur père.

彼らは父親と同じように手を挙げました。

Ils ont exigé une explication immédiate du père.

彼らは父親に直ちに説明を求めた。

Ils tiraient nerveusement sur leur barbe, cherchant une réponse.

彼らは答えを求めて落ち着きなくひげを引っ張った。

Et ils reculèrent jusqu'à leur chambre, mais très lentement.

そして彼らはゆっくりと自分の部屋へと後退しました。

L'interruption avait plongé la sœur dans une sorte de transe.

その妨害により、妹は催眠状態に陥った。

Elle laissa pendre le violon et l'archet le long de son corps.

彼女はバイオリンと弓を脇に垂らした。

Et elle regarda la partition comme si elle jouait encore.

そして彼女はまだ演奏しているかのように楽譜を見つめていた。

Mais soudain, elle est revenue dans la pièce.

しかし、彼女は突然部屋に戻ってきました。

Et elle avait désormais surmonté le sentiment d'être perdue.

そして彼女は、迷子になったという気持ちを克服した。

Elle a posé l'instrument de musique sur les genoux de sa mère.

彼女は楽器を母親の膝の上に置いた。

La mère était assise sur la chaise, respirant bruyamment.

母親は椅子に座り、息を荒くしていた。

Et puis la sœur a dû courir dans la pièce voisine.

そして妹は隣の部屋へ走って行かなければなりませんでした
。

Elle devait tout préparer pour les messieurs.

彼女は紳士たちのためにあらゆる準備をしなければならなかった。

Elle a jeté les couvertures et les coussins en l'air.

彼女は毛布とクッションを空中に投げ上げた。

Et de ses mains expertes, elle a disposé toute la literie.

そして彼女は熟練した手ですべての寝具を整えました。

Elle avait terminé avant que les messieurs n'atteignent la pièce.

紳士たちが部屋に着く前に彼女は仕事を終えた。

Et elle s'est éclipsée avant de les gêner.

そして彼女は彼らの邪魔になる前にこっそりと逃げ出した。

Le père semblait prisonnier de son propre entêtement.

父親は自分自身の頑固さに囚われているようだった。

Et il oublia ainsi tout le respect qu'il devait à ses locataires.

そして彼は借家人に対する敬意をすっかり忘れてしまった。

Il a insisté sans relâche jusqu'à ce que leur porte-parole s'y oppose.

彼は、広報担当者が反対するまで押し続けました。

Il a tapé du pied avec colère en arrivant à la porte.

彼はドアに着くと怒って足を踏み鳴らした。

Et c'est ainsi qu'il immobilisa le père.

そして彼は父親を立ち止まらせた。

« Par la présente, je déclare », commença-t-il en s'adressant à son propriétaire.

「私はここに宣言します」と彼は家主に話しかけ始めた。

Et il leva la main, regardant toute la famille.

そして彼は家族全員を見ながら手を挙げました。

« En ce qui concerne l'état répugnant de la chambre ; »

「部屋の不快な状態に関して」

Et il s'assurait que tous écoutaient ses paroles.

そして彼は、皆が自分の言葉に耳を傾けていることを確認しました。

« Par la présente, je vous informe que je vais libérer ma chambre. »

「私はここに部屋を明け渡すことを通知します。」

Et il a appuyé son propos en crachant par terre.

そして彼は地面に唾を吐いてさらに自分の主張を主張した。

« Je ne paierai pas non plus pour les jours que j'ai passés ici. »

「また、私がここで暮らした日々に対しても支払うつもりはありません。」

Il n'était cependant pas entièrement satisfait de ce remboursement.

しかし、彼はこの払い戻しに完全に満足していなかった。

« Et j'envisagerai de formuler d'autres demandes à votre encontre. »

「そして私はあなたに対して他の要求をすることを検討します。」

« Croyez-moi, de telles demandes seront très faciles à justifier. »

「信じてください、そのような要求を正当化するのは非常に簡単です。」

Il resta silencieux et regarda droit devant lui, vers son père.

彼は黙って、まっすぐ父親を見つめていた。

Il semblait s'attendre à ce qu'il se passe quelque chose de plus.

彼はさらに何かが起こることを期待しているようだった。

En fait, ses deux amis ont immédiatement eu la même idée.

実際、彼の2人の友人もすぐに同じ考えを思いつきました。

« Nous annulons également nos réservations de chambres », ont-ils déclaré à l'unisson.

「私たちも部屋をキャンセルします」と彼らは声を揃えて言った。

Il a alors saisi la poignée de la porte et l'a fermée.

それから彼はドアハンドルを掴んでドアを閉めた。

Et dans un grand fracas, ils s'enfermèrent dans leur chambre.

そして大きな音を立てて彼らは部屋に閉じこもりました。

Le père s'est dirigé en titubant vers sa chaise, les mains tâtonnantes.

父親は手探りで椅子までよろめきながら歩いた。

Et il se laissa tomber sur la chaise, vaincu.

そして彼は敗北感に襲われ、椅子に倒れ込んだ。

On aurait dit qu'il allait faire sa sieste habituelle du soir.

いつものように夕方のお昼寝をしているようでした。

Mais sa tête hocha presque comme si elle n'était pas soutenue.

しかし、彼の頭はまるで支えられていないかのようにうなずいていた。

Et on pouvait voir qu'il ne dormait pas du tout.

そして、彼が全く眠っていないことが分かりました。

Durant tout ce temps, Gregor n'avait pas bougé de sa place.

その間ずっと、グレゴールはその場から動かなかった。

Il était toujours là où les messieurs l'avaient aperçu pour la première fois.

彼は紳士たちが最初に彼を見た場所にまだいた。

Même s'il avait voulu déménager, il trouvait cela impossible.

たとえ引っ越したいと思っても、それは不可能だと分かった。

À cause de sa déception, ou à cause de sa faim.

失望のせいか、空腹のせいか。

Il était déçu par l'échec de son plan.

彼は計画が失敗してがっかりした。

Et il était affaibli par la faim persistante qu'il ressentait.

そして彼は、長引く空腹感のせいで衰弱していた。

Il était certain que tout le monde se retournerait contre lui à tout moment.

彼は誰もが今にも自分に背を向けるだろうと確信していた。

C'est avec cette certitude d'un effondrement imminent qu'il attendit.

彼は、このような崩壊が差し迫っていることを予期しながら待った。

Le violon commença à glisser des genoux de sa mère.

バイオリンが母親の膝の上から滑り落ち始めました。

Dans un fracas retentissant, le violon tomba au sol.

大きな音とともにバイオリンは地面に落ちた。

Mais même ce bruit soudain et fracassant ne l'a pas surpris.

しかし、この突然の衝突音さえも彼を驚かせなかった。

« Chers parents, dit la sœur, cela ne peut pas continuer. »

「親愛なる両親」と妹は言った。「こんなことは続けられません。」

Et elle a frappé du poing sur la table pour appuyer ses propos.

そして彼女は自分の意見を主張するためにテーブルに手を叩きつけた。

« Je ne prononcerai pas le nom de mon frère devant ce monstre. »

「この怪物の前では兄の名前を口にしない。」

« C'est pourquoi je le dis aussi crûment que possible : »

「だからこそ、私はできる限り率直にこう言っているのです。」

«Nous n'avons pas d'autre choix que de nous débarrasser de cet animal.»

「この動物を駆除する以外に選択肢はない。」

« Nous avons fait de notre mieux pour tolérer et prendre soin de cet animal. »

「私たちはこの動物を許容し、世話するために最善を尽くしました。」

« Je ne pense pas que quiconque puisse nous blâmer, même légèrement. »

「誰も私たちを少しも責めることはできないと思います。」

« Elle a mille fois raison », a acquiescé le père.

「彼女は1000倍正しい」と父親は同意した。

La mère n'avait pas encore complètement repris son souffle.

母親はまだ完全に息が回復していなかった。

Elle se mit à tousser sourdement dans sa main, la respiration lourde.

彼女は息を荒くしながら、手に鈍く咳き込み始めた。

Et une expression de folie commença à apparaître dans ses yeux.

そして彼女の目に狂気の表情が現れ始めました。

La sœur s'est précipitée vers sa mère et lui a pris le front.

妹は母親のもとに駆け寄り、母親の額を押さえた。

Les paroles de la sœur semblaient inspirer le père.

父親は妹の言葉に感銘を受けたようだった。

Et ses pensées semblaient plus claires qu'auparavant.

そして彼の考えは以前よりも明確になっているようでした。

Il cessa d'acquiescer et se redressa.

彼はうなずくのをやめて、再びまっすぐに座った。

Et il jouait avec la casquette de son serviteur, plongé dans ses pensées.

そして彼は、考えにふけりながら、召使いの帽子をいじっていた。

Les assiettes des locataires étaient encore sur la table.

入居者からもらった皿がまだテーブルの上にありました。

Et il regardait parfois vers Gregor, qui restait silencieux.

そして彼は時々、沈黙しているグレゴールの方を見た。

« Nous devons essayer de nous en débarrasser », lui dit sa sœur.

「私たちはそれを取り除くよう努力しなければなりません」と妹は彼に言いました。

La mère était trop occupée à tousser pour écouter.

母親は咳に気を取られて、聞く気がしなかった。

« Ça va vous tuer tous les deux, je le vois déjà venir. »

「君たち二人とも死ぬだろう、もうそれが見えているよ。」

«Nous ne pouvons pas tous continuer à travailler aussi dur que nous le faisons.»

「私たち全員が今と同じように懸命に働き続けることはできない。」

« Et chaque jour, nous devons rentrer chez nous et subir ce supplice. »

「そして私たちは毎日この拷問を受けて家に帰らなければならないのです。」

« Nous n'en pouvons plus. Je n'en peux plus. »

「もう耐えられない。私も耐えられない。」

Elle s'est effondrée dans les bras de sa mère, en larmes une dernière fois.

彼女は最後に涙を流しながら母親に倒れ込んだ。

Les larmes coulèrent sur son visage et sur celui de sa mère.

涙が彼女の顔を伝って母親の顔に落ちた。

Et elle essuya ses larmes d'un geste machinal.

そして彼女は機械的な動きで涙を拭った。

« Mon enfant », dit le père d'une voix compatissante.

「私の子よ」父親は慈悲深い声で言った。

Il y avait une profonde sympathie et une grande compréhension dans sa voix.

彼の声には深い同情と理解が込められていた。

« Mais que devons-nous faire ? » avoua-t-il ne pas savoir.

「でも、どうすればいいんですか？」彼は分からないと告白した。

La sœur haussa simplement les épaules, impuissante.

妹はただ無力感に肩をすくめるだけだった。

Et sa confiance d'antan fit de nouveau place aux larmes.

そして、彼女の以前の自信は再び涙に取って代わられました。

« Si seulement il nous comprenait », dit le père à voix haute.

「彼が私たちのことを理解してくれればよかったのに」と父親は大声で言った。

Et il se demandait à moitié si Gregor avait compris.

そして彼は、もしかしたらグレゴールが理解しているのかどうか半ば疑っていた。

La sœur lui a secoué la main violemment en pleurant.

妹は泣きながらただ激しく手を振った。

Elle a donc indiqué qu'il ne fallait pas envisager cette idée.

そして彼女は、その考えは考えるべきではないと合図した。

« Mais si seulement il nous comprenait », répéta le père.

「しかし、彼が私たちのことを理解してくれればよかったのに」と父親は繰り返した。

Les yeux fermés, il réfléchit à la réponse de sa sœur.

彼は目を閉じて妹の答えを考えた。

« S'il comprenait qu'un accord pouvait être conclu avec lui. »

「彼が理解すれば、彼との合意は成立する可能性がある。」

« Mais vu la situation actuelle… »

「でも、現状はこうなっているので…」

«Il faut l'enlever,» s'écria la sœur, «c'est la seule solution.»

「それは消え去らなければなりません」と妹は叫んだ。「それが唯一の方法なのです。」

«Il faut vous débarrasser de l'idée que c'est Gregor.»

「グレゴールだという考えを捨てなければなりません。」

« Notre véritable malheur, c'est d'y avoir cru si longtemps. »

「私たちがそれを長い間信じていたことが、私たちの本当の不幸なのです。」

« Mais comment est-ce possible que ce soit Gregor ? » demanda-t-elle à son père.

「でもどうしてグレゴールなの？」と彼女は父親に尋ねた。

« Il savait qu'un tel animal ne pouvait pas coexister avec les humains. »

「彼はそのような動物が人間と共存できないことを知っていた。」

« Gregor nous aurait quittés depuis longtemps, volontairement. »

「グレゴールはとっくの昔に、自らの意思で私たちのもとを去っていたはずだ。」

« C'est vrai, nous n'aurions alors plus de frère. »

「確かに、そうなると私たちには兄弟がいなくなってしまうわね。」

« Mais nous pourrions continuer à vivre et à honorer sa mémoire. »

「しかし、私たちは生き続け、彼の記憶を称え続けることが
できる。」
« Mais cette bête nous poursuit et chasse nos locataires. »
「しかし、この獣は私たちを追いかけ、農民を追い払うので
す。」
« De toute évidence, il veut s'emparer de tout l'appartement.
»
「明らかにアパート全体を占領しようとしている」
« Cette bête veut nous faire dormir dans la rue. »
「この獣は私たちを路上で眠らせようとしている。」
« Regarde, papa, » s'écria-t-elle soudain, « il bouge à
nouveau ! »
「見て、お父さん」と彼女は突然叫びました。「また動いて
いるわよ！」
Et elle fit quelque chose que même Gregor ne put
comprendre.
そして彼女はグレゴールにさえ理解できないことをした。
Elle se repoussa, comme pour sacrifier sa mère.
彼女はまるで母親を犠牲にするかのように、自分を押しのけ
た。
Et elle a couru derrière son père pour trouver une sorte de
sécurité.
そして彼女は何らかの安全を求めて父親の後ろを走りました
。
Le père n'était agité que parce que sa fille l'était.
父親が動揺したのは、娘が動揺していたからに過ぎなかった
。
Mais lui aussi se leva et leva les bras au-dessus d'elle.
しかし、彼もまた立ち上がり、彼女の上に腕を上げました。
Mais Gregor n'avait aucune intention d'effrayer qui que ce
soit.

しかしグレゴールは誰かを怖がらせるつもりはなかった。

Il n'avait surtout aucune intention d'effrayer sa sœur.

彼は特に妹を怖がらせようなどとは思っていなかった。

Il essayait simplement de faire demi-tour pour retourner dans sa chambre.

彼はただ自分の部屋に戻ろうとしていただけだった。

Mais, compte tenu de l'aggravation de son état, même cela devenait difficile.

しかし、彼の容態は悪化しており、これも困難でした。

Et il ne pouvait plus se servir pleinement de ses jambes.

そして彼はもう両足を完全に動かすことができませんでした。

Il utilisa donc sa tête pour soulever son corps et se retourner.

そこで彼は頭を使って体を持ち上げ、向きを変えました。

Il marqua une pause et chercha l'approbation de sa famille du regard.

彼は立ち止まり、家族の承認を得るために周囲を見回した。

Il semble que sa bonne intention ait été reconnue.

彼の善意は認められたようだ。

Son mouvement ne leur avait procuré qu'un choc momentané.

彼の行動は彼らにとってほんの一瞬の衝撃だった。

À présent, ils le regardaient tous en silence, visiblement malheureux.

今、彼らは皆、不満げな沈黙の中で彼を見つめていた。

La mère était toujours allongée dans le fauteuil, épuisée.

母親は疲れ果ててまだ肘掛け椅子に横たわっていた。

Le père et la sœur étaient assis l'un à côté de l'autre.

父親と妹は隣同士に座っていました。

« Peut-être qu'ils me laisseront faire demi-tour maintenant », pensa Gregor.

「今度こそ彼らは僕に方向転換を許してくれるかもしれない」とグレゴールは思った。

Et il continua à effectuer son mouvement de rotation maladroit.

そして彼はぎこちない回転動作を続けた。

Il ne pouvait réprimer les halètements occasionnels dus à l'effort.

彼は時折、疲労感で息切れするのを抑えることができなかった。

Et il a été contraint de se reposer à plusieurs reprises entre-temps.

そして、彼はその間に何度か休憩を取らざるを得ませんでした。

Plus personne ne le pressait ; c'était à lui de décider.

今は誰も彼を急がせていなかった。すべては彼次第だった。

Finalement, il acheva ce virage lent et douloureux.

ついに彼はゆっくりと苦痛に満ちたターンを終えた。

Il se dirigea aussitôt vers sa chambre.

彼はすぐに自分の部屋へまっすぐ戻り始めました。

Il était stupéfait de la distance qui le séparait de sa chambre.

彼は自分の部屋からどれだけ離れているかに驚いた。

Comment, malgré sa faiblesse, avait-il réussi à y parvenir auparavant ?

彼は、その弱さにもかかわらず、どうやって以前そこに辿り着いたのだろうか？

Il avait emprunté presque le même chemin sans s'en apercevoir.

彼は気づかずにほとんど同じ道を通ってきた。

Il se concentrait simplement sur le fait de ramper aussi vite qu'il le pouvait.

彼はただ、できるだけ早く這うことに集中した。

L'absence de commentaires ne le dérangeait pas.

誰からもコメントがなかったことは彼を悩ませなかった。

Ce n'est que lorsqu'il fut déjà à l'intérieur qu'il tourna la tête.

ドアの中に入ったときだけ、彼は頭を振り返った。

Mais il n'a pas pu se retourner complètement.

しかし、完全に振り返って見ることはできなかった。

Car il sentit sa nuque se raidir encore davantage en se tournant.

なぜなら、振り向くと首がさらに硬くなるのを感じたからだ。

Mais il constata que rien n'avait changé derrière lui.

しかし、彼は自分の後ろでは何も変わっていないことに気づいた。

La seule différence, c'est que sa sœur s'était levée.

唯一の違いは、妹が立ち上がったことだった。

Son dernier regard lui montra que sa mère s'était endormie.

彼の最後の視線は、母親が眠りに落ちたことを示していた。

Dès qu'il fut entré dans sa chambre, la porte fut fermée.

彼が部屋に入るとすぐにドアが閉まった。

Et dès que la porte fut fermée, le verrouilla.

そしてドアが閉まるとすぐにボルトがロックされました。

Gregor fut effrayé par le bruit inattendu derrière lui.

グレゴールは後ろから聞こえた予期せぬ物音に驚いた。

Et ses jambes fléchirent sous lui, surprises par la soudaineté.

そして突然の驚きで彼の足は震え上がった。

C'est sa sœur qui s'était précipitée vers la porte derrière lui.

彼の後ろのドアに駆け寄ったのは妹だった。

Elle s'était déjà dressée, et l'attendait.

彼女はすでにそこに直立し、彼を待っていました。

Elle fit alors un petit saut en avant sans que Gregor ne l'entende.

それから彼女はグレゴールに聞こえないように軽く前に飛び出した。

« Enfin ! » s'écria-t-elle en tournant la clé.

「やっと！」彼女はキーを回しながら大声で叫んだ。

« Et maintenant ? » se demanda Gregor, seul dans l'obscurité.

「さて、どうしよう」とグレゴールは暗闇の中で一人、自分自身に問いかけた。

Il s'aperçut bientôt qu'il ne pouvait plus bouger du tout.

彼はすぐに、もうまったく動けないことに気づいた。

Mais son immobilité ne le surprenait pas vraiment.

しかし、彼は自分が動けないことにそれほど驚いてはいなかった。

Pouvoir se déplacer sur des jambes aussi fines semblait ridicule.

あんなに細い足で動けるなんて、馬鹿げているように思えた。

Il ne savait pas comment il avait pu y parvenir.

彼は自分がどうやってそれを成し遂げたのか分からなかった。

Mais à part ça, il se sentait relativement à l'aise.

しかし、それ以外は、彼は比較的快適に感じていました。

Il est vrai qu'il ressentait une douleur intense dans tout le corps.

確かに彼は体中に深い痛みを感じていた。

Mais la douleur semblait s'atténuer de plus en plus.

しかし、痛みはだんだん弱まってきたようでした。

Et il avait l'impression que la douleur finirait par disparaître.

そして、痛みはやがて消えていくような気がした。

Il sentait à peine la pomme pourrie dans son dos.

彼は背中の腐ったリンゴの感覚をほとんど感じなくなっていた。

Il repensa à sa famille avec émotion et amour.

彼は感動と愛情をもって家族のことを思い出した。

Il ressentait les émotions de sa sœur encore plus intensément qu'elle.

彼は妹の感情を彼女自身以上に感じ取った。

Elle avait raison ; il devait partir.

彼女の言ったことは正しかった。彼は去らなければならなかったのだ。

Il passa quelque temps dans cet état désert et paisible.

彼はこの空虚で平和な状態でしばらく過ごした。

L'horloge sonna trois fois, doucement mais fermement.

時計は静かに、しかし確実に三度鳴った。

Gregor fut doucement tiré de ses pensées.

グレゴールは静かに考えから引き戻された。

Il regarda la lumière du matin pénétrer lentement dans sa chambre.

彼は朝の光がゆっくりと部屋に入ってくるのを眺めた。

Puis sa tête s'affaissa complètement, malgré lui.

すると、彼の頭は、自分の意志とは関係なく、完全に下がってしまった。

Et son dernier souffle s'échappa faiblement de ses narines.

そして彼の最後の息が鼻孔から弱々しく流れ出た。

La femme de chambre est entrée dans sa chambre tôt le matin.

メイドさんは朝早く彼の部屋に入ってきた。

Elle n'a rien trouvé d'inhabituel lors de sa courte visite
habituelle.

彼女はいつもの短い訪問中に何も異常なことは発見しなかっ
た。

À bout de forces et dans la précipitation, elle claqua toutes
les portes.

彼女は力と速さのあまり、すべてのドアをバタンと閉めた。

Il était impossible de dormir paisiblement dans tout
l'appartement.

アパート全体で安らかな睡眠をとることは不可能でした。

On lui avait demandé d'éviter de faire cela le matin.

彼女は朝にこれを避けるように言われていた。

Elle pensait qu'il restait allongé là, immobile, exprès.

彼女は彼がわざと動かずにそこに横たわっているのだと思っ
た。

Peut-être voulait-il lui montrer qu'il était offensé.

おそらく彼は彼女に自分が怒っていることを示したかったの
でしょう。

Elle lui faisait confiance et pensait qu'il était doté d'une
intelligence hors du commun.

彼女は彼があらゆる種類の知性を持っていると信じていた。

Il se trouve qu'elle tenait le long balai à la main.

彼女はたまたま長いほうきを手に持っていました。

Alors, depuis la porte, elle essaya de chatouiller un peu
Gregor.

そこで、彼女はドアのところから、グレゴールを少しくすぐ
ろうとしました。

Elle était un peu agacée qu'il ne réponde pas du tout.

彼がまったく反応しなかったため、彼女は少しイライラした
。

Alors cette fois, elle le poussa un peu plus fermement.

そこで彼女は今度はもう少し強く彼を押した。

Comme il n'opposait aucune résistance, elle l'examina de plus près.

彼が抵抗を示さなかったので、彼女はさらによく見てみました。

Elle comprit rapidement ce qui était réellement arrivé à Gregor.

彼女はすぐにグレゴールに一体何が起こったのか理解した。

Elle ouvrit davantage les yeux et siffla pour elle-même.

彼女は目を大きく見開いて、独り言で口笛を吹いた。

Mais elle n'a pas tardé à ouvrir la porte.

しかし彼女はドアを開ける前にあまり時間を無駄にしませんでした。

Et elle cria d'une voix forte dans l'obscurité :

そして彼女は暗闇に向かって大声で叫びました。

«Viens voir, il est là, complètement mort.»

「来て見てください。完全に死んでいますよ。」

Les deux parents étaient assis bien droits dans leur lit conjugal.

両親は夫婦のベッドでまっすぐ座っていました。

Il leur fallait d'abord surmonter le choc du bruit.

まず彼らは騒音のショックを克服しなければなりませんでした。

Mais peu à peu, ils ont commencé à comprendre son message.

しかし、彼らはゆっくりと彼女のメッセージを理解し始めました。

Monsieur et Madame Samsa ont chacun sauté de leur côté du lit.

サムサ夫妻はそれぞれ自分の側のベッドから飛び降りた。

M. Samsa jeta l'épaisse couverture sur ses épaules.

サムサ氏は厚い毛布を肩にかけました。

Et Mme Samsa sortit vêtue uniquement de sa chemise de nuit.

そしてサムサ夫人はナイトガウンだけを身につけて出てきました。

C'est ainsi qu'ils entrèrent dans la chambre de Gregor.

こうして彼らはグレゴールの部屋に入った。

Entre-temps, la porte du salon s'était également ouverte.

その間に、リビングルームのドアも開きました。

Grete y dormait depuis l'emménagement des locataires.

グレーテは入居者が引っ越してきてからずっとそこで寝ていた。

Elle était entièrement habillée comme si elle n'avait pas dormi du tout.

彼女はまるで眠っていなかったかのように服を着たままだった。

Son visage pâle semblait également témoigner de son manque de sommeil.

彼女の青白い顔も睡眠不足を証明しているようだった。

« Il est mort ? » demanda Mme Samsa en regardant la bonne.

「彼は死んだの？」サムサ夫人はメイドを見ながら尋ねた。

Elle aurait pu le confirmer en le regardant elle-même.

彼女は彼自身を見てそれを確認できたはずだ。

« Je le crois », dit la bonne en ramassant le balai.

「そうだと思います」とメイドはほうきを手に取りながら言いました。

Et elle a poussé son corps sur une longue distance à travers le sol.

そして彼女は彼の体を床の向こう側まで押しやった。

Mme Samsa fit un mouvement comme si elle voulait l'arrêter.

サムサ夫人はまるで彼女を止めようとするような動きをした
。

Mais finalement, elle a laissé la bonne faire glisser Gregor.
しかし結局、彼女はメイドにグレゴールをだまさせてしまっ
た。

« Eh bien, » dit M. Samsa, « enfin nous pouvons remercier Dieu. »
「そうだな」とザムサ氏は言った。「やっと神に感謝できる
な。」

Il fit le signe de croix : tête, poitrine, épaules.
彼は頭、胸、肩に十字を切った。

Et les trois femmes suivirent son exemple religieux.
そして三人の女性は彼の宗教的な模範に従いました。

Grete, qui ne quittait pas le cadavre des yeux, dit :
グレーテは死体から目を離さずに言った。

«Regardez comme il est maigre, il n'a pas mangé depuis si longtemps.»
「彼がどれだけ痩せていたか見てください。長い間何も食べ
ていなかったのです。」

« La nourriture que je lui laissais chaque matin restait toujours intacte. »
「私が毎朝彼に残した食事はいつも手つかずのままでした。
」

En fait, le corps de Gregor était complètement plat et sec.
実際、グレゴールの体は完全に平らで乾いていました。

C'était plus visible maintenant qu'il était au sol.
彼が地上にいた今、それはさらに明らかになった。

Parce que son corps n'était plus soutenu par ses jambes.
なぜなら、彼の体はもはや足で持ち上げられなくなっていた
からだ。

Et parce que rien d'autre ne venait distraire la vue.

そして、視界を邪魔するものが他に何もなかったからです。

«Viens avec nous un moment, Grete», dit Mme Samsa.

「しばらく私たちと一緒に来なさい、グレーテ」とザムザ夫人は言った。

Un sourire douloureux se dessinait sur ses lèvres lorsqu'elle parlait.

彼女がそう言うと、彼女の唇には苦々しい笑みが浮かんでいた。

Grete les suivit, mais jeta aussi un coup d'œil en arrière au cadavre.

グレーテは彼らの後を追ったが、死体にも振り返った。

La bonne ferma la porte et ouvrit grand la fenêtre.

メイドさんはドアを閉めて窓を全開にした。

Il était encore tôt, l'air était donc normalement froid.

まだ早かったので、空気は通常冷たいはずです。

Mais il y avait aussi un mélange de chaleur dans l'air froid.

しかし、冷たい空気の中には暖かさも混じっていました。

Comme un doux rappel que c'était désormais la fin du mois de mars.

まるで3月も終わりだということを静かに思い出させてくれるようでした。

Les trois locataires sortirent alors eux aussi de leur chambre.

3人の入居者も部屋から出て行った。

Ils cherchèrent leur petit-déjeuner avec étonnement.

彼らは朝食を求めて驚いて辺りを見回した。

Le petit-déjeuner a été oublié à cause de ce que la femme de chambre a trouvé.

メイドが見つけたもののせいで朝食は忘れられてしまった。

« Où est le petit-déjeuner ? » grommela l'homme du milieu.

「朝食はどこだ？」真ん中の紳士がぶつぶつ言った。

La bonne porta son doigt à sa bouche pour demander le silence.

メイドは静かにするように命じるために指を口に当てた。

Et elle salua les messieurs d'un geste rapide et silencieux.

そして彼女は急いで、そして静かに紳士たちに手を振った。

La servante fit entrer les trois messieurs dans la pièce.

メイドは3人の紳士を部屋に案内した。

Et elle a continué à leur expliquer ce qui s'était passé.

そして彼女は彼らに何が起こったのかを説明し続けました。

Et les trois messieurs se tinrent autour du corps de Gregor.

そして三人の紳士はグレゴールの死体の周りに立っていました。

Les mains dans les poches, ils baissèrent les yeux.

彼らはポケットに手を入れて下を向いていた。

La lumière du matin inondait désormais complètement la pièce.

朝の光が部屋にたっぷりと差し込んでいた。

La porte de la chambre s'ouvrit alors et M. Samsa apparut.

すると寝室のドアが開き、サムサ氏が現れた。

D'un côté se trouvait sa femme, et de l'autre sa fille.

一方には妻が、もう一方には娘がいました。

M. Samsa portait déjà son uniforme.

サムサ氏はこの時すでに制服を着ていました。

On pouvait voir qu'ils avaient tous un peu pleuré.

彼ら全員が少し泣いていたのが分かりました。

Grete pressa son visage contre le bras de son père.

グレーテは父親の腕に顔を押し付けた。

« Quittez mon appartement immédiatement ! » ordonna M. Samsa.

「すぐに私のアパートから出て行け！」とザムザ氏は命じた。

Et il désigna la porte sans laisser partir les femmes.

そして彼は女性たちを行かせずにドアを指さした。

« Que voulez-vous dire ? » demanda l'intermédiaire, déconcerté.

「どういう意味ですか？」仲買人は当惑しながら尋ねた。

Et il fit de son mieux pour sourire gentiment à M. Samsa.

そして彼はサムサ氏に優しく微笑むよう最善を尽くしました。

Les deux autres tenaient leurs mains derrière leur dos.

他の二人は背中の後ろに手を組んでいた。

Et ils se frottèrent les mains d'impatience.

そして彼らは期待しながら手をこすり合わせました。

Ils semblaient s'attendre à une violente dispute.

彼らは大きな口論が起こることを予想していたようだった。

Mais ils semblaient se réjouir de la dispute à venir.

しかし、彼らはこれから起こる議論に満足しているようだった。

Ils pensaient que le litige tournerait à leur avantage.

彼らはその争いが自分たちに有利になるだろうと考えた。

« Je maintiens exactement ce que je viens de dire », a répondu M. Samsa.

「まさに今言った通りのことを言っているんです」とザムサ氏は答えた。

Il marchait en ligne droite avec ses deux compagnons.

彼は二人の仲間とともに一直線に歩いた。

Et M. Samsa s'est adressé directement à leur responsable.

そしてサムサ氏は彼らのリーダーである紳士に直接近づきました。

Le monsieur resta d'abord immobile, le regard fixé au sol.

紳士は最初、地面を見つめたままじっと立っていた。

Le contenu de sa tête était encore en train de se réorganiser.

彼の頭の中はまだ整理されていなかった。

« Très bien, nous y allons », dit-il en levant les yeux vers M. Samsa.

「わかった、行くよ」と彼は言い、サムサ氏を見上げた。

Une nouvelle humilité semblait l'avoir soudainement envahi.

新たな謙虚さが突然彼を襲ったようだった。

Et il semblait demander la permission pour cette décision.

そして彼はこの決断の許可を求めているようでした。

M. Samsa ouvrit grand les yeux et hocha légèrement la tête.

サムサ氏は目を大きく見開いて小さくうなずいた。

Les messieurs obéirent immédiatement à son ordre.

紳士たちはすぐに彼の命令に従った。

Et ils ont effectivement fait de longues enjambées dans le couloir.

そして彼らは実際に廊下に大股で歩いてきました。

Ses amis avaient déjà cessé de se frotter les mains.

友人たちはすでに手をこするのをやめていた。

Ils avaient écouté le déroulement de la conversation.

彼らは会話がどのように進むか聞いていた。

Et maintenant, ils couraient après lui, comme pris de peur.

そして彼らは、まるで恐怖に駆られたかのように、彼を追いかけていた。

M. Samsa pourrait encore les isoler de leur chef.

サムサ氏は依然として彼らをリーダーから孤立させるかもしれない。

Ils ont sorti leurs bâtons du récipient.

彼らは棒を棒入れから引き出しました。

Et ils s'inclinèrent en silence avant de quitter l'appartement.

そして彼らはアパートを出る前に静かに頭を下げた。

M. Samsa et les deux femmes sortirent sur le parvis.

サムサ氏と二人の女性は前庭から出てきた。

Mais en réalité, ils n'avaient aucune raison de se méfier de ces hommes.

しかし、実際には彼らには男性たちを信用しない理由はなかった。

Ils s'appuyèrent sur la rambarde pour vérifier s'ils étaient partis.

彼らは、彼らが去ったかどうかを確認するために手すりに寄りかかった。

Les trois messieurs descendaient effectivement les escaliers.

確かに三人の紳士は階段を降りていました。

Ils disparurent dans un virage de l'escalier.

階段のある曲がり角で彼らは姿を消した。

Puis l'escalier les ramena à la vue.

そして階段を上ると、彼らは再び視界に入った。

Ce phénomène d'apparition et de disparition se répétait à chaque étage.

この出現と消失は各階ごとに繰り返されます。

Mais finalement, ils étaient presque arrivés au fond.

しかし、結局彼らはほとんど底に到達した。

Plus ils avançaient, moins ils étaient intéressants.

進んでいくにつれて、ますます面白くなくなっていった。

Tout le monde est rentré à la maison, comme soulagé.

皆はほっとしたように家に戻っていった。

Ils décidèrent de profiter de la journée pour se reposer et aller se promener.

彼らはその日を休息と散歩に使うことにした。

Ils estimaient avoir mérité cette pause dans leur travail.

彼らは仕事から離れて休むのは当然だと感じていた。

Non seulement ils méritaient cette pause, mais ils en avaient besoin.

彼らはこの休暇に値するだけでなく、それを必要としていた
のです。

Ils s'assirent à table pour écrire des lettres d'excuses.

彼らはテーブルに座り、謝罪の手紙を書いた。

M. Samsa a adressé une lettre d'excuses à sa direction.

サムサ氏は経営陣に謝罪の手紙を書いた。

Mme Samsa a écrit sa lettre d'excuses à ses clients.

サムサ夫人は顧客に謝罪の手紙を書いた。

Et Grete a écrit sa lettre d'excuses à son directeur.

そしてグレーテは校長に謝罪の手紙を書きました。

Pendant qu'ils écrivaient tous, la bonne entra dans la pièce.

皆が書いている間に、メイドさんが部屋に来ました。

**Son travail du matin était terminé, elle rentrait donc chez
elle.**

彼女は午前中の仕事が終わったので家に帰るところだった。

**Les trois écrivains hochèrent d'abord la tête, sans lever les
yeux.**

3人の作家は、最初は顔を上げずにうなずいていた。

Mais la bonne ne semblait pas encore vouloir partir.

しかしメイドはまだ帰りたくないようでした。

**Elle attendit un peu, jusqu'à ce que les trois écrivains lèvent
les yeux.**

彼女は3人の作家が顔を上げるまで少し待った。

**« Eh bien ? » demanda M. Samsa, en colère, comme l'étaient
les autres.**

「それで？」ザムサ氏は他の人たちと同じように怒って尋ね
た。

La bonne se tenait sur le seuil, un sourire aux lèvres.

メイドさんは笑顔で戸口に立っていた。

**Elle donnait l'impression d'avoir de bonnes nouvelles à
annoncer.**

彼女は良い知らせを伝えているような印象を与えた。

Mais elle n'allait pas partager la nouvelle à moins qu'on ne le lui demande.

しかし、彼女は頼まれない限りそのニュースを話すつもりはなかった。

La plume d'autruche dressée sur son chapeau oscillait légèrement.

彼女の帽子に立てられたダチョウの羽根がわずかに揺れた。

Cette plume d'autruche avait toujours agacé M. Samsa.

そのダチョウの羽はサムサ氏をいつも悩ませていた。

« Alors, que voulez-vous ? » demanda Mme Samsa, d'un ton ferme.

「それで、あなたは何が欲しいのですか？」とザムザ夫人はきっぱりと尋ねた。

La bonne avait encore beaucoup de respect pour Mme Samsa.

メイドはサムサ夫人に対して依然として深い尊敬の念を抱いていた。

« Oui », répondit-elle, et elle éclata d'un rire amical.

「はい」と彼女は答え、親しみを込めた笑いを浮かべた。

Un instant, son rire l'empêcha de parler.

一瞬、彼女は笑いすぎて話せなくなった。

« Tu n'as pas à t'inquiéter pour ce qui se passe chez le voisin. »

「隣のことは心配しなくていいよ。」

« J'ai déjà prévu comment nous allons nous en débarrasser. »

「どうやって処分するかはもう決めてあります」

Mme Samsa et Grete continuèrent à écrire leurs lettres.

ザムザ夫人とグレーテは手紙を書き続けました。

Mais M. Samsa remarqua que la bonne n'avait pas encore terminé.

しかし、サムサ氏はメイドの仕事がまだ終わっていないこと
に気づいた。

Elle voulait maintenant tout décrire plus en détail.

今、彼女はすべてをもっと詳しく説明したいと考えていまし
た。

Mais il tendit la main pour repousser ses avances.

しかし彼は彼女の努力を拒否するために手を差し伸べた。

**Elle s'est rendu compte qu'ils n'étaient pas intéressés par ses
projets.**

彼女は彼らが自分の計画に興味を持っていないことに気づい
た。

**Et puis elle se souvint de la grande précipitation dans
laquelle elle avait été.**

そして彼女は自分がとても急いでいたことを思い出した。

« Ciao alors », dit-elle, insultée par ce manque d'intérêt.

「じゃあ、チャオ」と彼女は無関心に腹を立てて言った。

Mais avant de partir, elle a claqué la porte très fort.

しかし彼女は出て行く前に、ドアをものすごく強く閉めまし
た。

« Elle sera licenciée ce soir », a déclaré M. Samsa.

「彼女は夕方には解雇されるだろう」とサムサ氏は言った。

**Mais sa femme et sa fille étaient trop occupées pour lui
répondre.**

しかし、彼の妻と娘は忙しすぎて返事をすることができませ
んでした。

**Parce que la bonne avait troublé leur paix nouvellement
acquise.**

メイドが、彼らが新たに得た平和を乱したからだ。

La mère et la fille se levèrent pour aller à la fenêtre.

母親と娘は立ち上がって窓のところへ行きました。

Et, enlacés, ils restèrent là.

そして、二人は腕を組んでそこに留まりました。

M. Samsa se tourna sur sa chaise pour les regarder.

サムサ氏は椅子の上で体をひねって彼らを見た。

Et pendant un moment, il les observa en silence, immobiles là.

そしてしばらくの間、彼は彼らがそこに立っているのを静かに見守っていました。

Finalement, il leur cria : « Viendrez-vous à moi ? »

ついに彼は彼らに呼びかけました。「私のところに来ませんか？」

«Oublions tout ça, d'accord ?»

「古いものはすべて忘れましょう。」

«Viens à moi et accorde-moi un peu d'attention.»

「私のところに来て、少し注意を払ってください。」

Les deux femmes firent ce qu'il leur avait dit et se précipitèrent vers lui.

二人の女性は彼の言う通りにして、彼のところへ駆け寄った。

Ils lui ont fait une accolade affectueuse et l'ont embrassé.

彼らは彼を愛情たっぷりに抱きしめ、キスをした。

Ils retournèrent rapidement pour terminer la rédaction de leurs lettres.

彼らはすぐに戻って手紙を書き終えました。

Puis, tous les trois, ils quittèrent l'appartement ensemble.

それから三人は一緒にアパートを出て行きました。

Ils n'étaient pas sortis ensemble depuis des mois.

彼らは何ヶ月も一緒に家から出かけていなかった。

Et ils prirent le tramway jusqu'à la périphérie de la ville.

そして彼らは路面電車に乗って街の郊外へ向かいました。

Ils avaient toute la rame du tramway pour eux seuls.

彼らは路面電車の車両を全部独り占めしていた。

La lumière du soleil inondait la pièce par la fenêtre.

外から窓を通して太陽の光が差し込んできた。

La famille se cala confortablement dans ses sièges.

家族は座席に心地よく寄りかかっていた。

Et ils ont discuté de leurs perspectives d'avenir.

そして彼らは将来の見通しについて話し合いました。

À y regarder de plus près, leurs perspectives n'étaient pas mauvaises.

詳しく調べてみると、彼らの見通しは悪くなかった。

Tous les trois occupaient des emplois qui leur permettraient de gagner davantage.

3人とも、もっと稼げる可能性のある仕事に就いていました。

Ils ne s'étaient jamais interrogés l'un sur l'autre concernant leur travail.

彼らはお互いの仕事について尋ねたことは一度もなかった。

Mais maintenant, ils avaient enfin le temps de discuter de ces choses-là.

しかし今、ようやく彼らにはそういったことを話し合う時間ができた。

Ils avaient également la possibilité de déménager dans un appartement plus petit.

もっと小さなアパートに引っ越すという選択肢もありました。

Cela aurait le plus grand impact sur leur vie.

これは彼らの人生に最も大きな影響を与えるでしょう。

Leur appartement actuel avait été choisi par Gregor.

彼らの現在のアパートはグレゴールが選んだものだった。

Mais maintenant, ils pourraient déménager dans un endroit plus abordable.

しかし今、彼らはもっと手頃な場所に移ることができるのです。

Un appartement plus petit, mais dans un endroit plus pratique.

小さめのアパートですが、より実用的な場所です。

Parler de l'avenir a redonné vie à Grete.

将来について話すと、グレーテはまた元気になりました。

Monsieur et Madame Samsa ont également remarqué d'autres changements chez elle.

サムサ夫妻は彼女の他の変化にも気づきました。

Ses joues étaient devenues pâles à cause de tous ses soucis.

心配のせいで彼女の頬は青ざめていた。

Mais à présent, leur fille s'épanouissait et devenait une femme remarquable.

しかし今、彼らの娘は立派な女性へと成長していました。

C'était vraiment une belle et jolie jeune femme, maintenant.

彼女は今や、本当に体格がよく、立派な若い女性でした。

Ses parents se turent et admirèrent leur fille.

両親は静かになり、娘を尊敬した。

Ils échangèrent un regard, communiquant inconsciemment.

彼らは無意識のうちにお互いの顔を見合わせながらコミュニケーションをとった。

« Il sera bientôt temps de lui trouver un homme bien. »

「もうすぐ彼女にふさわしい男性を見つける時期が来るでしょう。」

Le tramway était arrivé à destination et avait ralenti.

路面電車は目的地に到着し、速度を落とした。

Leur fille semblait confirmer leurs nouveaux rêves.

娘は彼らの新たな夢を認めたようだった。

Elle fut la première à se lever et à étirer son jeune corps.

彼女は真っ先に立ち上がり、若い体を伸ばしました。